W0386079

les LARMES de l'ASSASSIN

Ce roman a reçu une vingtaine de prix jeunesse, dont :

– le prix Sorcières 2004 (catégorie roman ados)

– le prix Ados Rennes 2005

– le prix Roman jeunesse France Télévisions 2006

Cette édition spéciale des *Larmes de l'assassin* a paru à l'occasion des 30 ans de Bayard Éditions.

Illustration de couverture : Philippe Marcelé

© Bayard Éditions, 2020
© Bayard Éditions Jeunesse, 2003
18, rue Barbès, 92128 Montrouge Cedex
ISBN : 979-1-0363-2426-0
Dépôt légal : octobre 2020

Loi n° 49-956 du 16 juillet 1949 sur les publications destinées à la jeunesse
Reproduction, même partielle, interdite

Anne-Laure Bondoux

les LARMES de l'ASSASSIN

bayard

Anne-Laure Bondoux est née en 1971 et vit à Paris. Vers l'âge de dix ans, elle a commencé à écrire des histoires et cette passion ne l'a plus quittée. Après des études de lettres, elle est entrée en 1996 comme rédactrice chez Bayard Presse, où ses premiers textes ont été publiés. Depuis l'an 2000, elle se consacre entièrement à l'écriture de romans pour les ados et les adultes.

Du même auteur chez Bayard Éditions

Le destin de Linus Hoppe, 2001

Les larmes de l'assassin, 2003

La Magnifique, 2005

Le temps des miracles, 2009

Chez d'autres éditeurs

L'Odyssée des deux mondes, Le livre de poche, 2003
La vie comme elle vient, L'École des Loisirs, 2004
Tant que nous sommes vivants, Gallimard jeunesse, 2014
Et je danse, aussi, avec Jean-Claude Mourlevat, Pocket, 2015
L'aube sera grandiose, Gallimard jeunesse et Folio, 2017
La tribu de Vasco, Folio junior, réédition 2018
Valentine ou la belle saison, Pocket, 2019
Oh Happy day, avec Jean-Claude Mourlevat, Fleuve éditions, 2020

Préface

Il y a presque vingt ans que j'ai écrit ce roman. Qu'il soit toujours présent aujourd'hui, dans les librairies, les bibliothèques, mais surtout dans la mémoire de celles et ceux qui l'ont lu, est un grand bonheur. C'est aussi une source d'étonnement, de questions... et de légers vertiges parfois. Par exemple, lorsqu'un prof de français m'invite à rencontrer ses élèves, m'expliquant qu'il leur a proposé la lecture des *Larmes de l'assassin* parce qu'il l'avait lui-même dévoré quand il était au collège. Ou quand une jeune femme se présente à ma table de dédicaces avec son enfant et un exemplaire du roman que je lui avais dédicacé quand elle était en cinquième. Force m'est de l'admettre : les collégiens de mes débuts sont désormais des adultes ! Quant à moi, j'ai vieilli, et si le texte demeure, écrire cette préface me permet de mesurer combien tout le reste a changé.

L'histoire se déroule au sud du Chili, en Patagonie. En 2002, je n'utilisais internet que pour envoyer des mails. Je ne me baladais pas virtuellement, comme on peut le faire aujourd'hui, dans n'importe quel endroit du globe, avec l'impression d'y être. À l'époque, pour décrire ce bout du monde où je n'étais jamais allée, je me suis appuyée sur quelques photos, mais j'ai surtout travaillé à partir de mon imaginaire, lui-même nourri par la poésie de Pablo Neruda. Je me rends compte que, si je devais réécrire cette histoire aujourd'hui, je serais tentée d'aller vérifier que mes descriptions correspondent à la réalité. Or, je n'ai pas écrit ce roman avec le souci du réalisme, mais plutôt comme une fable, un conte initiatique. A-t-on besoin de Google Maps pour écrire une fable ? Aurais-je des scrupules aujourd'hui à situer l'action dans des lieux qui existent et dont je n'aurais pas arpenté la géographie, ne serait-ce que par écran interposé ? Cela m'obligerait-il alors à modifier certains passages et, peut-être, des aspects fondamentaux du roman ? C'est bien possible.

En 2003, quand le roman est paru, aucun réseau social ne permettait aux passionnés de lecture d'exprimer leur avis sitôt la dernière page tournée. Les réactions me parvenaient au gré des rencontres, à travers des articles de presse spécialisée, par le biais des libraires, ou sur les rares blogs qui fleurissaient à l'époque.

Quelques adultes m'ont alors témoigné de leur embarras devant ce roman qui, selon eux, ne correspondait pas aux critères d'un texte dit « pour la jeunesse ». S'ils aimaient le livre, la violence du premier chapitre les inquiétait. Cette ouverture rude, ce crime inaugural de l'assassin, ne risquait-il pas d'impressionner les adolescents ? De leur faire peur ? Ou de provoquer chez les plus sensibles des cauchemars ?

J'avoue que ces questions ne m'avaient pas effleurée pendant l'écriture. Je n'avais mis aucune complaisance à raconter ce crime (expédié en trois phrases, avec cette forme de distance propre aux contes), il me paraissait simplement évident que, pour poser le personnage, sa crédibilité, et tout ce qui découlait ensuite de cet acte, il fallait que les lecteurs y assistent. Je me préoccupais davantage de la logique narrative et j'avais l'impression que cela serait parfaitement compris par les adolescents qui, de toute façon, étaient confrontés à la violence. Par la suite, la question a été rapidement balayée par les jeunes eux-mêmes qui ne m'ont jamais parlé d'aucun cauchemar. Ils m'ont en revanche toujours exprimé leur surprise de s'être attachés, chapitre après chapitre, à Angel Allegria, et leur profond bouleversement en découvrant le destin du personnage. Combien de fois, dans un collège ici ou là, les élèves m'ont-ils suggéré un aménagement de peine, une fin moins cruelle ? Et combien d'échanges passionnants nous avons eus autour de grandes questions que soulevait la lecture : Qu'est-ce qui est juste ou injuste ? Peut-on être un assassin et se découvrir capable d'amour, voire de sacrifice ? L'attitude de Luis est-elle pire que celle d'Angel ? Paolo aurait-il dû se venger ? Peut-on changer au point de réparer ses erreurs, même les pires ? Ou bien existe-t-il des humains définitivement condamnables ?

Durant de nombreuses années, j'ai eu des convictions quant aux réponses à apporter à ces questions. Et puis un jour, je suis allée parler de ce roman devant un club de lecture, dans les environs de Montauban, et je me suis retrouvée muette. Je n'avais plus de réponses, plus de certitude. Nous étions en novembre 2015, trois jours après les attentats qui venaient de coûter la vie à 130 personnes et de blesser gravement des centaines d'autres. L'émotion était si vive que, brusquement, mon assassin de papier quittait le champ évanescent de la fiction pour refléter autre chose que des idées. Le vocabulaire lui-même s'était déplacé, renvoyant à une réalité immédiate, infiniment plus complexe, infiniment moins littéraire. Je n'ai pu que le constater : l'actualité modifiait la lecture, créait un filtre nouveau entre nous et le texte.

Il a fallu du temps pour que l'émotion laisse à nouveau de la place à la réflexion, mais je nuance désormais mes réponses. Je ne dis plus « je crois », je dis « j'espère », parce qu'au fond je n'en sais rien. Et je constate que la réception d'une œuvre de fiction est régulièrement transformée par le surgissement d'évènements dans le débat public. Comme par exemple l'année dernière, dans un contexte de médiatisation des affaires Weinstein ou Polanski.

Cette fois-ci, c'était une classe de 6e qui avait lu *Les larmes de l'assassin*. Parmi les élèves, un petit groupe de filles a tenu à prendre la parole, de façon un peu solennelle, à la fin de la séance.

– Madame, ont-elles commencé, vous êtes une femme, n'est-ce pas ?

J'ai confirmé.

– Et en tant que femme, vous êtes concernée par la cause féministe, non ?

J'ai dit combien j'étais sensible et attentive à ces sujets.

– Eh bien, alors ? se sont-elles rebiffées. Comment ça se fait que vous n'avez pas mis de personnages féminins dans ce roman ? Sauf une ! Et en plus, elle a un mauvais rôle !

Elles étaient sincèrement scandalisées et, bras croisés face à moi, elles attendaient que je m'explique. Là encore, l'actualité venait de faire irruption, me laissant, je l'avoue, assez déconcertée. Je leur ai répondu comme j'ai pu sur le moment, leur demandant de ne pas tout mélanger, soulignant la différence entre une œuvre de fiction et un tract militant, leur signalant que j'avais écrit beaucoup d'autres livres dont les femmes étaient les personnages centraux et plaidant surtout pour ma liberté de romancière quant au choix du sexe de mes personnages. Pas sûre que cette défense les ait convaincues.

Depuis, cette scène me reste en mémoire et continue de me faire réfléchir. Dans notre société ultra-connectée et ultra-réactive, il n'y a pas de raison que le roman, fût-il une fable se déroulant dans une Patagonie plus poétique que géographique, échappe à l'air du temps. Je trouve cette intrusion encombrante, troublante, voire délétère par certains aspects, et en même temps stimulante. Que je sois amenée à justifier des choix faits il y a presque vingt ans, face à des lectrices courroucées de douze, est d'abord le signe que le texte est vivant, et qu'il continue de regarder ses lecteurs autant que les lecteurs le regardent. La fiction est un lieu de rencontre et d'échange, sans cesse interrogé, investi par de nouvelles sensibilités. Et si le roman est bousculé par les évènements, lu différemment à travers eux, c'est peut-être qu'il a encore des choses à dire ? En cela, je me réjouis d'être à mon tour bousculée. Et j'espère, dans dix ans, m'étonner encore et encore des réactions qu'il pourra susciter. Avec un souhait cependant : que ces débats qui agitent la société ne deviennent pas l'unique prisme à travers lequel seraient lus les romans, et surtout qu'ils ne deviennent pas les censeurs de la création littéraire. Le risque étant, comme je l'ai déjà entendu, que des hommes hésitent à se glisser dans la peau de personnages féminins, se faisant par avance, et à eux-mêmes, un procès en illégitimité. Et si, comme me l'a très justement fait remarquer une amie, prendre conscience des vieux schémas qui figent nos regards, fabriquent et font perdurer les clichés, est nécessaire, il reste à mes yeux indispensable de ne pas tomber dans d'autres travers qui viendraient paralyser l'imagination, dont l'essence même est d'explorer l'altérité.

Vous ayant rapporté tout cela, revenons à ce qui me paraît l'essentiel.

« Ici, personne n'arrivait jamais par hasard. » Cette première phrase du roman que vous allez lire est une manière de dire « il était une fois », de refermer la porte sur les agitations du moment, une invitation à éteindre vos téléphones, à vous extraire des polémiques du temps, et à vous laisser emmener, dans cette histoire d'amour et de violence, au cours de laquelle un homme et un enfant vont, à leur insu, découvrir l'attachement, la beauté, la fragilité et la valeur de la vie. Cela, en vingt ans ou presque, n'a pas changé.

Anne-Laure Bondoux

Chapitre 1

Ici, personne n'arrivait jamais par hasard. Car ici, c'était le bout du monde, ce sud extrême du Chili qui fait de la dentelle dans les eaux froides du Pacifique.

Sur cette terre, tout était si dur, si désolé, si malmené par le vent que même les pierres semblaient souffrir. Pourtant, juste avant le désert et la mer, une étroite bâtisse aux murs gris avait surgi du sol : la ferme des Poloverdo.

Les voyageurs qui parvenaient jusque-là s'étonnaient de trouver une habitation. Ils descendaient le chemin et frappaient à la porte pour demander l'hospitalité d'une nuit. Le plus souvent, il s'agissait d'un scientifique, un géologue avec sa boîte à cailloux, ou d'un astronome en quête de nuit noire. Parfois, c'était un poète. De temps en temps, un marchand d'aventure en repérage.

Chaque visite, par sa rareté, prenait une allure d'événement. La femme Poloverdo, mains tremblantes, servait à boire avec une cruche ébréchée. L'homme, lui, se forçait à dire deux mots à l'étranger, pour ne pas paraître trop rustre. Mais il était rustre tout de même, et la femme versait le vin à côté du verre, et le vent sifflait tant sous les fenêtres disjointes qu'on croyait entendre hurler les loups.

Ensuite, quand le voyageur était parti, l'homme et la femme refermaient leur porte avec un soupir de soulagement. Leur solitude reprenait son cours, sur la lande désolée, dans la caillasse et la violence.

L'homme et la femme Poloverdo avaient un enfant. Un garçon né de la routine de leur lit, sans amour particulier, et qui poussait comme le reste sur cette terre, c'est-à-dire pas très bien. Il passait ses journées à courir après les serpents. Il avait de la terre sous les ongles, les oreilles décollées à force d'être rabattues par les rafales de vent, la peau jaune et sèche, les dents blanches comme des morceaux de sel et s'appelait Paolo. Paolo Poloverdo.

C'est lui qui vit venir l'homme, là-bas, sur le chemin, par un jour chaud de janvier. Et c'est lui

qui courut avertir ses parents qu'un étranger arrivait. Sauf que, cette fois-là, ce n'était ni un géologue, ni un marchand de voyages, et encore moins un poète. C'était Angel Allegria. Un truand, un escroc, un assassin. Et lui pas plus que les autres n'arrivait par hasard dans cette maison du bout de la terre.

La femme Poloverdo sortit sa cruche. Ses yeux croisèrent ceux d'Angel Allegria. Des yeux petits, enfoncés dans leurs orbites comme à coups de poing, des yeux où se lisait la méchanceté brute. Elle trembla plus que de coutume. Son homme, assis sur le banc face au truand, demanda :

– Vous resterez ici longtemps ?

– Oui, répondit l'autre.

Il trempa ses lèvres dans le vin.

Dehors, des nuages chargés de pluie remontaient de la mer. Paolo s'était éloigné de la maison. Il attendait que les gouttes tombent, le visage levé vers le ciel, bouche ouverte. Il était comme les bêtes de cette terre, assoiffé en permanence, instinctif et avide. Les poètes venus en visite l'avaient comparé à une graine plantée dans la roche, condamnée à ne jamais donner de fleurs.

Il était une sorte de balbutiement, un simple murmure d'humanité.

Alors que les premières gouttes s'écrasaient dans la poussière et sur la langue de Paolo, Angel Allegria sortit son couteau et le planta dans la gorge de l'homme, puis dans celle de la femme. Sur la table, le vin et le sang se mêlèrent, rougissant pour toujours les rainures profondes du bois.

Ce n'était pas le premier crime d'Angel. Là d'où il venait, la mort était monnaie courante. Elle mettait un terme aux dettes d'argent, aux disputes d'ivrognes, aux tromperies des femmes, aux trahisons des voisins ou simplement à la monotonie d'un jour sans distraction. Cette fois, elle mettait fin à une errance de deux semaines. Angel était fatigué de dormir dehors, de fuir chaque matin un peu plus vers le sud. Il avait entendu dire que cette maison était la dernière avant le désert et la mer, le refuge idéal pour un homme recherché : c'était là qu'il voulait dormir.

Lorsque le petit Paolo revint, trempé jusqu'aux os, il découvrit ses parents allongés sur le sol, et il comprit. Angel l'attendait, son couteau à la main.

– Viens ici, lui dit-il.

Paolo ne bougea pas. Il fixait la lame souillée, la main qui serrait le manche, le bras qui ne tremblait pas. Sur le toit de tôle, la pluie semblait jouer du tambour, comme au cirque, avant le salto des trapézistes.

– Quel âge as-tu ? demanda Angel.

– Je ne sais pas.

– Sais-tu faire la soupe ?

L'homme avait beau serrer le manche de son couteau, il n'arrivait pas à se décider. L'enfant, très petit, très sale, très mouillé, se tenait là, devant lui, et il ne parvenait pas à s'imaginer mettre fin à sa vie. Un sursaut inattendu de sa conscience, peut-être un peu de pitié, retenait son bras.

– Je n'ai jamais tué d'enfant, dit-il.

– Moi non plus, répondit Paolo.

Cette réponse arracha un sourire à Angel.

– Sais-tu faire la soupe, oui ou non ?

– Je crois que oui.

– Fais-moi de la soupe, alors.

Angel rangea son couteau. Il épargnait ce gamin avec un certain soulagement. Il se disait qu'il n'était pas contraint de le tuer. Le petit ne l'empêcherait pas de dormir ici ; et d'ailleurs, il l'enverrait au puits chercher de l'eau plutôt que d'y aller lui-même, ce serait commode.

Paolo se dirigea vers le fond de la maison, pénétra dans un réduit obscur où sa mère stockait de maigres provisions et en ressortit bientôt avec quelques patates, un poireau, un navet, un morceau de lard desséché. La soupe, bien qu'il n'en ait jamais fait, il savait comment cela se faisait. Il avait si souvent observé sa mère que c'était rentré tout seul. Pour faire le feu, il n'avait qu'à imiter les gestes de son père. C'était facile.

Quand la soupe fut prête, il se tourna vers Angel Allegria.

– Sers-moi, dit l'assassin.

Paolo alla chercher une écuelle en fer de son père, la plus grande, et la posa sur la table, loin de la tache de sang et de vin. Il y versa la soupe.

– Mange avec moi, ordonna Angel.

Paolo alla chercher une autre écuelle, la plus petite, la plus cabossée, la sienne. Il se servit et prit place sur le banc, face à l'homme, qui buvait déjà en faisant des bruits de succion. La pluie avait cessé. Il ne faisait pas froid dans la maison, grâce au feu qui crépitait dans la cheminée. Derrière la fenêtre, la nuit s'avançait, comme une mer noire suspendue en l'air, menaçant de se déverser sur la maison et de noyer le monde. Paolo alluma une chandelle.

– Mange donc, lui dit Angel.

La soupe sentait bon. Sans cesse, les yeux de l'enfant allaient se poser sur les corps inertes allongés par terre. Il mit ses mains autour de l'écuelle, mais il n'arrivait pas à la porter à sa bouche. L'assassin se retourna et regarda à son tour les deux cadavres.

– C'est ça qui te coupe l'appétit ?

Paolo fit signe que oui. Alors Angel Allegria se leva de son banc et poussa un soupir.

– Bon.

Il alla fouiller dans le réduit et y trouva une pelle.

– Viens, dit-il. J'ai besoin que tu m'éclaires.

Paolo prit la lampe-tempête, l'alluma et sortit dans la nuit avec l'homme. Il le vit traîner les corps de ses parents sur les caillasses.

– La terre est dure, l'avertit Paolo.

Ce n'était rien de le dire. Il fallut deux heures à Angel pour creuser un trou à peine suffisant pour les deux morts. La pelle butait contre les pierres, les racines. Le manche lui brûlait les mains. Enfin, il parvint à placer les corps dans le trou ; il le reboucha, tassa la terre sur le monticule et s'essuya le front par réflexe : le vent venu de la mer lui asséchait la peau, il avait à peine transpiré.

– T'es content ? lança-t-il au gamin.

Paolo, la lampe levée à la hauteur de son visage, regardait la tombe. Il eut envie, un court instant, de s'enfouir à son tour sous cette terre, pour y dormir, mais il savait qu'il n'en avait pas le droit puisqu'il n'était pas mort. Il faisait bien la différence : dans ce monde, sur cette terre perdue, seuls les morts connaissaient le repos. Les vivants, eux, n'avaient qu'à serrer les dents pour supporter l'existence. C'était là le cadeau qu'Angel venait de faire à Paolo : une vie. Mais quelle vie ?

– Viens là ! dit l'homme. Y a plus rien à voir, et la soupe est froide.

Chapitre 2

Angel Allegria était recherché par les polices de Talcahuano, de Temuco et de Puerto Natales. Dans ces trois villes, il avait dépouillé des vieilles, escroqué des jeunes et tué ceux qui ne s'étaient pas laissé faire. Ses victimes n'avaient pas de visage, et lui-même n'avait jamais l'occasion de se regarder dans un miroir. Son monde grouillait de silhouettes, d'ombres menaçantes qu'il éliminait comme on chasse des nuées de mouches.

Petit, il avait vu son père mourir. Quant à sa mère, il l'avait à peine connue. Très tôt, il s'était débrouillé tout seul pour survivre, suivant la loi de la rue, des trottoirs et de la misère.

Il n'avait jamais possédé autre chose que son couteau et sa force physique, l'argent volé fuyant entre ses doigts comme l'eau des torrents. Une fois ou deux, il s'était cru amoureux d'une femme sans que cela adoucisse son tempérament emporté. Ces histoires avaient fini comme le reste, en catastrophe, en cris de douleur et en cavalcades dans les escaliers de secours. Angel Allegria n'était pas un personnage recommandable, surtout pour faire l'éducation d'un enfant.

Et pourtant, voilà qu'il vivait avec Paolo, dans cette maison du bout de la terre cernée par les vents, les pluies, les neiges et les ciels. Paolo, petit et ignorant, n'avait guère le choix. L'assassin s'était installé chez lui, et il devait faire avec.

Tous deux s'appliquaient à cultiver le potager, à nourrir les poules et les chèvres. Paolo faisait la soupe, et aussi la chasse aux serpents, mais moins souvent qu'auparavant, car Angel n'aimait pas le voir fouiner entre les pierres. « Tu vas te faire piquer, disait-il, et tu regretteras cette sale manie. »

Ce qui intriguait vraiment Angel, c'était de savoir quel âge pouvait avoir le gamin. Son corps chétif ne constituait pas une indication fiable. Paolo avait l'air d'avoir cinq ans, mais il pouvait aussi bien en avoir huit ou dix.

– Essaie de te souvenir de ta naissance, lui demandait-il.

– C'est le jour où tu es venu, répondait l'enfant.

– Pas du tout !

– Je ne me souviens de rien avant ce jour.

Que devait en conclure Angel ? Qu'il était, par le hasard de ses forfaits, devenu le père de cet enfant ? Après tout, pourquoi pas... Lui-même allait sur ses trente-cinq ans et n'avait rien fait de bon de sa vie jusqu'à présent. Être père, ma foi, c'était quelque chose.

– Appelle-moi papa, ordonnait-il.

– Non.

– Je le veux.

– Mon père est là-dessous, rétorquait Paolo en désignant le monticule.

Angel détournait la tête. Cette tombe, au beau milieu du chemin qui menait au potager, le tourmentait. Sa présence silencieuse lui rappelait sans cesse qu'il avait commis des erreurs. C'était la preuve de sa cruauté, de sa bêtise, de son impuissance. Paolo y déposait quelques fleurs sauvages parfois. Ses yeux restaient secs, mais ils sondaient les profondeurs de la terre comme les forets d'un chercheur de pétrole. Toutes les questions que l'enfant ne posait pas, et toutes les réponses aussi, étaient enfouies là. Angel ressentait une certaine jalousie à le voir s'arrêter devant le tas de terre.

– On pourrait l'aplatir, disait-il.

– Pourquoi ?

– Pour dégager le chemin.

– Le chemin est assez large.

Angel jetait un regard sur le paysage autour. Une étendue de terre tellement vaste, tellement déserte, qu'il fallait vraiment être de mauvaise foi pour considérer ce tas de terre comme encombrant. Il n'osa plus revenir sur le sujet. C'était d'accord, la tombe resterait là.

– Mais nous, on pourrait partir ? suggérait-il.

– Pars si tu veux, disait Paolo. Moi, j'habite ici.

– Moi aussi, j'habite ici. Et, de toute façon, je ne peux pas partir. N'importe où ailleurs la police m'arrêterait.

Une année entière s'écoula sans que personne vienne jusqu'à la maison des Poloverdo. C'était à croire que tous les géologues, les aventuriers et les chercheurs d'étoiles s'étaient donné le mot pour éviter l'endroit, sachant quel cerbère ils y trouveraient. La solitude referma donc ses bras sur la maison perdue, la cajolant de sa voix creuse pour la faire dormir.

Les pluies abîmaient le toit de tôle, alors Angel montait dessus et réparait.

Les neiges recouvraient le potager, alors Angel prenait Paolo contre lui, la nuit, afin de se tenir chaud.

Les vents hurlaient sous les fenêtres, sous la porte, alors Angel clouait et calfeutrait les ouvertures pour leur faire obstacle.

Il se demandait pourquoi il avait éprouvé le besoin de voler, de tuer et d'escroquer auparavant, alors qu'il semblait si simple de vivre sans embêter personne, juste en bataillant contre les saisons et la rudesse de la vie, avec pour seul bonheur la présence de l'enfant.

– En ville, les gens vivent les uns sur les autres, disait-il à Paolo. C'est ça qui les rend nerveux.

– C'est pour ça que tu es devenu un assassin ? interrogeait le gamin.

– J'en sais rien.

– Pourquoi tu ne m'as pas tué ?

– Faut croire que tu ne me rendais pas nerveux.

Au bout d'une année entière, alors que l'été recommençait à blanchir le toit de tôle et que les serpents se cachaient à l'ombre des rochers, un voyageur arriva en vue de la maison. Angel revenait du puits, chargé de bidons en plastique qui lui martyrisaient les bras. L'homme lui fit signe. Angel jeta un coup d'œil vers le potager, où le petit binait en attendant l'eau. Il ressentit une brûlure dans l'estomac. C'était la méfiance qui revenait, cette affreuse méfiance. De loin, l'homme semblait jeune, assez vigoureux. Et d'ailleurs, pour venir à pied jusqu'ici, il fallait être en bonne santé. Qui était-ce ?

– Ho là ! dit l'étranger. Je cherche la ferme des Poloverdo. Est-ce ici ?

Angel s'avança sur le chemin, les bidons battant ses cuisses. Déjà, le souffle du danger lui hérissait les poils des bras. Là-bas, dans le potager, Paolo avait cessé de biner : il avait senti lui aussi la présence de l'homme.

– Vous êtes M. Poloverdo ?

– Que voulez-vous ? demanda Angel en déposant les bidons à terre, juste devant les pieds de l'étranger.

Quoique maculées de boue et de poussière, ses chaussures de marche étaient neuves, cela se voyait. La qualité de ses vêtements laissait supposer qu'il était riche. Il était de bonne stature, harmonieux de sa personne, jovial et sûr de lui. Il avait tout pour s'attirer la sympathie de n'importe qui d'autre qu'Angel.

– Je m'appelle Luis Secunda, dit-il en tendant la main.

Angel ne daigna pas la serrer. Il croisa les bras. S'il devait tuer cet homme, il préférait éviter tout contact préalable. Cependant, Paolo les avait rejoints, et l'étranger lui fit un large sourire.

– Je me doute bien que je vous dérange...

– C'est exact, dit Angel.

– Ça va, dit Paolo. Vous voulez boire quelque chose ?

L'enfant avait dit cela naturellement, sans calcul. Il ouvrit la porte de la maison, en grand.

– Entrez, dit-il.

– Vite, bougonna Angel. La chaleur est mauvaise.

Ils se pressèrent dans la pénombre de la petite maison. Sous un coup de pied d'Angel, une poule s'en alla en caquetant.

– Vous n'êtes pas mal, ici, commenta l'étranger. Vous avez raison de vivre loin de tout. La ville...

Par réflexe, le petit avait sorti la cruche ébréchée de sa mère pour verser un verre de lait de chèvre à son hôte.

– ... la ville, c'est l'enfer, acheva l'étranger.

Il but le lait de chèvre d'un seul trait. Angel s'était assis face à lui, sur le banc, et il le regardait à la dérobée. Son couteau, c'était très facile, était là, à portée de main, dans le tiroir. Sous les coudes de l'étranger, dans les rainures de la table, il y avait encore les traces rouges du sang des parents de Paolo. Maintenant, l'étranger avait une moustache blanche au-dessus de la lèvre, à cause de la crème du lait. Angel tempêtait intérieurement contre Paolo : un verre de lait ! Il savait bien, pourtant, le prix de chaque chose ici !

– Je suis en quête d'un lieu singulier, expliqua l'étranger. D'un lieu... comment dire ? un endroit comme celui-ci.

– Vous voulez dire, comme cette maison ? s'étonna Paolo.

– Comme cette maison. Comme ce chemin, comme ces rochers...

L'étranger se leva pour s'approcher de la fenêtre :

– Comme ce ciel et ces buissons ras, là-bas. Un lieu exactement comme celui-là.

Il se retourna vers l'homme et l'enfant ; il souriait.

– Comme cet endroit, hum…, marmonna Angel. Mais pas *cet* endroit.

L'étranger revint s'asseoir en face de lui. Plus Angel le regardait, plus il s'acheminait vers l'inéluctable : il allait le tuer. En faisant irruption ici, l'intrus avait scellé son destin et brisé la trêve. Avec lui, c'était le cycle infernal qui reprenait, et déjà Angel sentait des fourmis au bout de ses doigts.

– Je sais que je suis ici chez vous, reprit Luis Secunda sur un ton embarrassé, mais…

– Vous voulez encore du lait ? l'interrompit Paolo.

Il lui servit un second verre, tandis qu'Angel étouffait de rage, poings serrés sous la table. Le tiroir n'était pas loin. Il suffisait d'un geste.

– Je suis prêt à vous donner de l'argent, poursuivit l'étranger. Ce n'est pas un problème pour moi, l'argent. J'en ai plus qu'il ne m'en faut. Et puis, je suis prêt à travailler. Si vous le vouliez bien, je pourrais vous louer une parcelle du terrain et y construire une cahute. Je ne veux pas abuser de votre toit. Je me mettrai loin, au bout du chemin, vous m'apercevrez à peine.

Paolo avait posé la cruche vide sur la table et regardait Angel. Il pressentait qu'un drame allait arriver s'il ne faisait rien. L'étranger lui était sympathique. Il ne voulait pas qu'il meure. Et puis, il n'avait pas envie d'aider Angel à creuser un nouveau trou. La sécheresse de ces dernières semaines avait rendu la terre plus compacte, plus dense que du granit. C'était déjà suffisamment difficile de creuser les sillons du potager. Alors, lorsqu'il vit qu'Angel ouvrait le tiroir, il s'écria :

– Oh, Papa ! Ce serait bien, hein, Papa ! Dis oui, Papa !

Angel se figea. Papa. Le petit venait bien de dire « Papa » ?

– Votre fils est un chic garçon, dit l'étranger. Il doit avoir reçu une bonne éducation.

Angel restait pétrifié, la main suspendue au-dessus du tiroir.

– Allez, Papa..., supplia encore Paolo. Petit Papa, s'il te plaît...

Chapitre 3

À trente ans, Luis Secunda avait quitté Valparaíso pour faire le tour du monde. Dans sa famille, il n'était pas de bon ton de rester là où le ventre de votre mère vous avait déposé. Les Secunda, originaires d'Espagne, s'éparpillaient depuis des générations à travers les cinq continents. La mère de Luis s'était échouée à Valparaíso comme une vieille barque, après des années de voyages insensés. Elle avait fini d'y élever ses quatre enfants, nés par miracle d'un même lit, avant de repartir vers l'Afrique, pour suivre un nouvel amant.

Le père de Luis, riche négociant en vins, arrosait ses enfants avec son argent en pensant que cette sorte d'engrais suffirait à leur épanouissement. Il envoyait des chèques comme d'autres envoient des cartes postales. Chaque fois qu'il revenait à Valparaíso, il les inspectait tous les quatre avec la même méticulosité que s'il s'était agi de pieds de vigne. Il constatait qu'ils grandissaient et, la toise ne pouvant guère mesurer autre chose, il repartait la conscience en paix.

Un jour, les deux sœurs aînées de Luis, mariées jeunes, l'une à un Allemand, l'autre à un Français, avaient quitté le Chili. Quant à son jeune frère, ses rêves l'avaient porté jusqu'à Hollywood, où il espérait devenir acteur. Si bien qu'au dernier passage du père, Luis était le seul à vivre encore à Valparaíso, dans la maison familiale.

– Tu es encore là, toi ? s'était étonné M. Secunda.

– Je suis de ceux qui prennent racine, sans doute.

– Eh bien, prends racine où tu voudras, mais pas ici. Je vends la maison.

Le marché du vin ne rapportait plus autant d'argent, ces dernières années. Il fallait réduire les frais, se serrer la ceinture, vendre.

– Voici ta part, avait dit le père de Luis à Luis. C'est la dernière fois que je te donne de l'argent. Et c'est la dernière fois que je reviens à Valparaíso. Débrouille-toi pour mener ta vie.

C'est ainsi que Luis avait quitté sa ville natale, coupé ses racines et imaginé cette histoire de tour du monde. C'était le projet le plus naturel pour un Secunda, mais aussi le plus improbable pour Luis.

En disant adieu à ses amis, ses compagnes, ses camarades, il avait fait la promesse solennelle de leur écrire des lettres depuis les villes les plus lointaines, les plus exotiques, et il avait vu briller leurs yeux. « Luis Secunda va faire le tour du monde ! C'est un homme extraordinaire ! »

– Et ensuite ? demanda Paolo, un jour que Luis lui racontait son histoire.

– Ensuite, rien. J'ai pris un train pour le sud, j'ai dormi dans des hôtels, j'ai marché dans des rues...

– Ça ne te plaisait pas ?

– Non.

– Tu n'as même pas quitté le Chili, alors ?

– Je suis arrivé ici.

– Et les lettres ?

– Beaucoup de promesses ne sont jamais tenues, pas vrai ?

Paolo hocha la tête avec gravité. Il ne comprenait qu'à moitié ce que voulait dire cette phrase, étant donné que personne ne lui avait jamais rien promis. Ce qu'il comprenait, c'était que Luis fuyait quelque chose, un peu à la manière d'une autruche.

Il avait trouvé ce bout de terre perdue, et c'était là qu'il cachait sa honte. Il laissait à Valparaíso le souvenir d'un homme formidable, aventurier sans peur, et maintenant il était condamné à disparaître pour ne pas flétrir le rêve des autres.

– Qu'est-ce que tu lui trouves, à l'étranger ? s'énervait Angel quand il voyait Paolo revenir de la cahute au bout du chemin.

– Je ne lui trouve rien. Je l'aide à construire son toit.

– Laisse-le se débrouiller tout seul. Viens plutôt m'aider à soigner la chèvre.

Paolo suivit Angel dans l'enclos des chèvres. Il y avait cinq bêtes, plus toutes jeunes, que le père de Paolo avait achetées à la foire autrefois. Elles donnaient encore du lait, mais pas beaucoup. L'une d'elles depuis plusieurs semaines montrait des signes de faiblesse.

– Tu sais, je ne crois pas qu'elle est malade..., murmura Paolo en s'asseyant à califourchon sur la barrière.

Angel était déjà près de la chèvre, et l'obligeait à se coucher, lui arrachant de pauvres bêlements. Il brandissait une pipette pleine d'une préparation vitaminée au-dessus de sa tête.

– Bien sûr qu'elle est malade ! Elle se traîne ! Elle souffre, elle a l'œil gris !

Paolo laissa Angel soigner la chèvre. Les vitamines ne pouvaient pas lui faire de mal, mais elles ne pourraient pas non plus faire de miracle contre la vieillesse. En regardant cet assassin d'hommes essayer de sauver à tout prix la vie d'une vieille chèvre, Paolo se sentit comme happé par un tourbillon. Comment de telles choses étaient-elles possibles dans ce monde ? Comment pouvait-on comprendre l'univers si on ne comprenait même pas les agissements de ceux à côté de qui on vivait ?

– Je vais chasser les serpents ! annonça-t-il brusquement.

Poursuivi par les protestations d'Angel, il détala, loin de la maison, loin de l'enclos, loin du monticule où pourrissaient ses parents, loin de la cahute bancale de Luis. Il courut comme un lapin affolé. L'espace immense, désert, battu par le vent, martelé par les rayons du soleil, cet espace infini s'offrait à lui, plus profond et plus noir qu'un gouffre. Depuis tout petit, il savait que, par-delà l'étendue plate et désertique où il vivait, il y avait la mer, les eaux froides du Pacifique. Il devinait aussi les silhouettes lointaines des volcans, nimbées de brumes. Les récits des voyageurs avaient semé en lui des noms inconnus, comme des fleurs : ville, foire, navire, observatoire, Temuco, Valparaíso, train, chevaux, tempêtes...

Il cessa de courir. Autour de lui, les rochers formaient une forêt immobile et morte. Il n'avait pas envie de chasser les serpents. Il s'assit par terre et contempla les nuages qui, telle une armée, se précipitaient depuis la mer pour envahir la terre et la recouvrir d'ombre.

À la nuit tombante, Angel commença à s'énerver. Il avait attendu, attendu... Maintenant, il était inquiet, et ça l'énervait de se sentir inquiet pour le gamin, comme si ce sentiment était réservé aux mères craintives, pas aux assassins, fussent-ils devenus pères par les hasards de la vie. Il commença par faire le tour de la maison, la lampe-tempête à la main. Ensuite, il alla au potager, revint vers le monticule, y jeta un regard lourd de reproche, le dépassa et continua d'avancer sur le chemin. Au bout, il devinait la loupiote que l'étranger avait suspendue au plafond de sa cahute. Elle dansait dans la nuit, énervante elle aussi. Angel serra les poings : s'il découvrait Paolo chez l'étranger, il retournerait chercher son couteau... Et, cette fois, « Papa » ou pas, il le tuerait pour lui avoir volé l'affection du petit. Ce serait tout simple, et l'affaire ne ferait pas un pli.

Il arriva près de la cahute, très remonté contre Luis. Au premier coup qu'il donna dans la porte, une charnière céda. L'étranger sursauta en voyant apparaître Angel. Il était seul.

– Que puis-je pour votre service ? demanda-t-il.

– Paolo n'est pas là ?

– Non.

Angel désigna la charnière :

– Vous faites du boulot de cochon. Ça ne tient pas.

– Je réparerai.

Luis scrutait le visage bouleversé d'Angel.

– Je peux le chercher avec vous, si vous voulez. À deux, nous serons plus efficaces.

Angel haussa les épaules. L'étranger lui tapait vraiment sur les nerfs avec ses paroles de citadin bien élevé et ses sourires idiots à tout propos. N'empêche, il avait raison. Pour chercher le petit, mieux valait s'y mettre à deux. Une fois qu'ils l'auraient retrouvé, il se promit d'aller prendre son couteau pour se débarrasser de Luis une fois pour toutes.

Un vent soutenu balayait le sol, soulevant des paquets de poussière, piquant la peau, les yeux, la gorge. Les nuages s'effilochaient sur le fond plus clair du ciel étoilé, laissant par moments apparaître une grosse lune rosée.

Munis de leurs lampes, les deux hommes s'avancèrent ensemble dans l'obscurité sauvage. Leurs cœurs battaient la chamade, leurs yeux ressemblaient à ceux des biches, inquiets, mobiles, et leurs gorges serrées lançaient à l'unisson :

– Paoloooo !

Après un quart d'heure de vaines recherches, Luis s'arrêta et tira Angel par la manche :

– Séparons-nous ! Je pars vers l'ouest ; vous, vous poursuivez vers l'est.

Angel le retint d'une main ferme. Quelle entourloupe était-il en train de faire ? Il voyait clair dans les yeux mesquins de l'étranger : il voulait retrouver Paolo tout seul pour pouvoir s'en vanter et s'attirer plus encore sa sympathie. Il n'en n'était pas question !

– Vous, continuez vers l'est ! cria-t-il. Moi, je vais vers l'ouest !

– Comme vous voudrez...

Luis s'éloigna, poussé par les rafales du vent, protégeant la lampe de sa main libre. Angel plissa les yeux. Il aurait voulu être plus intelligent, plus malin, plus cultivé afin de s'assurer que cet homme n'allait pas le rouler dans la farine. Il lui semblait que son cerveau étriqué enfermait les idées, les étouffait, les comprimait, et que jamais il ne parviendrait à élargir suffisamment sa boîte crânienne pour laisser l'intelligence s'y épanouir. Cela le fit grimacer de douleur, comme une crampe.

– Paolooo ! criait Luis en s'éloignant.

Angel se secoua et se tourna, visage fouetté par le vent, vers l'ouest. Intelligence ou pas, il retrouverait l'enfant, et ensuite il tuerait l'étranger, et ensuite tout serait de nouveau calme et harassant. Il se mit à marcher, rageur, la lampe levée, semblable à un phare au milieu des flots.

– Paolooo !

Il buta contre un rocher, et son tibia saigna sous son pantalon. La douleur lui coupa le souffle un instant. Les rafales hurlaient dans ses oreilles. La poussière s'immisçait dans ses yeux et asséchait ses larmes.

Il reprit sa marche, avec prudence, évitant les rochers qui, à cet endroit, semblaient avoir poussé comme des arbres. Et soudain, alors qu'il tendait la main dans l'obscurité pour ne pas se cogner encore, il sentit une autre main se glisser dans sa paume.

– Angel, c'est toi ? dit Paolo d'une voix grelottante.

– Je suis là.

– Tu m'as trouvé ?

– Oui.

La petite main de Paolo était glacée et frêle. Il avait dû s'endormir là, loin de la maison, et se laisser surprendre par la nuit.

Angel attrapa l'anneau de la lampe avec ses dents et, presque sans effort, il souleva l'enfant. Il ouvrit sa veste, enveloppa le petit dedans, contre sa propre peau, là où il fait le plus chaud, puis, la lampe brinquebalant entre ses dents, il rebroussa chemin. La douleur était partie. Il ne ressentait plus qu'un immense soulagement, et la fierté d'avoir retrouvé l'enfant vivant. Cela rayonnait en lui, si bien qu'il songea à remettre l'assassinat de l'étranger à plus tard pour ne pas gâcher ce moment extraordinairement serein, ce moment où, seul sur cette terre de misère, il marchait, un corps lové contre le sien, avec la certitude d'accomplir quelque chose d'important dans l'univers.

Chapitre 4

Malgré les vitamines et les soins répétés, la vieille chèvre mourut.

Bien que très contrarié, Angel n'en laissa rien paraître et se fit violence pour découper le cadavre. Il aurait préféré l'enterrer près du monticule où reposaient les parents de Paolo, mais la viande était trop rare pour qu'il cède au sentimentalisme. Il fit cuire les meilleurs morceaux et confectionna un pâté pas mauvais, qu'il laissa à Paolo, lequel en donna à son tour quelques tranches à Luis. C'était comme ça, désormais, Angel devait admettre de partager le pâté, le lait des chèvres, et l'amour de l'enfant. De son côté, Luis veillait à toujours remplir la citerne d'eau, cultivait quelques patates, ainsi qu'une plante à larges feuilles dont il tirait un tabac gris, qu'il apportait de temps en temps à Angel, dans une petite boîte à fermoir argenté. Les deux hommes fumaient alors en silence, sur le pas de la porte, en regardant mourir les derniers rayons du soleil à l'horizon. La paix, une certaine paix, s'était installée entre eux. Angel laissait son couteau dans le tiroir, à côté du tire-bouchon et du casse-noix.

Dès les premières bourrasques de l'automne, le toit de la cahute fut emporté, et Luis se trouva obligé de demander asile dans la maison.

– Entre, dit Paolo en ouvrant la porte en grand.

– Vite ! bougonna Angel. L'humidité est mauvaise !

Luis vint s'asseoir sur le banc, devant la table où Angel plumait un poulet. Il y déposa une sacoche de cuir contenant les choses précieuses qu'il avait voulu sauver des eaux.

– Pousse ça ! dit Angel. Tu ne vois pas que je mets des plumes et du sang partout ?

Le poulet, sans tête, perdait son sang, en effet. Les plumes voletaient à travers la pièce, retombaient dans les flaques de sang, où elles se coloraient de rouge. Paolo s'activait près de l'âtre, ramenant les unes par-dessus les autres les bûchettes qui ne cessaient de s'effondrer. À la fin de l'été, il avait accompagné Angel dans une expédition fatigante aux confins de l'étendue désertique, là où commençait la forêt. Ils en avaient rapporté des branches de bois vert, qui maintenant fumaient dans la cheminée.

Luis s'assit près du feu et, sa sacoche sur les genoux, contempla les flammes avec un air de poète triste. Du coin de l'œil, Angel le surveillait, craignant toujours que l'étranger ne se mette à prononcer un de ces discours qui fascinaient tant Paolo.

– Qu'est-ce qu'il y a dans ta sacoche ? demanda le petit.

Angel saisit une touffe de plumes dans sa grosse main d'assassin et l'arracha d'un coup sec.

– Des papiers, un livre…, soupira Luis.

– Un livre ? s'étonna Paolo.

Angel serra les mâchoires si fort qu'on entendit crisser ses dents. Paolo avait déjà vu des livres, une fois ou deux, lors des visites des poètes ou des scientifiques. L'un d'eux avait même essayé de lui apprendre à lire, mais Paolo ne se souvenait plus de la leçon.

– Tu veux le voir ? demanda Luis.

– Il n'a pas le temps ! intervint Angel.

Il s'avança vers la cheminée, tenant la bête plumée à la manière d'un gourdin.

– Tiens ! Le poulet est prêt à cuire.

Paolo attrapa la bête au vol et sourit.

– Je peux cuire le poulet, et écouter le livre en même temps, fit-il remarquer.

Angel ne trouva rien à répondre. Le gamin commençait à raisonner comme un citadin ; voilà où l'avait mené la fréquentation de l'étranger ! Cet homme était nocif, décidément, Angel regrettait de ne pas l'avoir tué le jour de son arrivée. Maintenant, il était trop tard. Paolo s'était attaché à lui. Angel savait que, s'il le tuait, il perdrait la confiance de l'enfant. Tout comme la viande, cette confiance était précieuse : Angel avait découvert qu'elle le nourrissait bien plus que n'importe quel pâté. Qui d'autre, durant les trente-cinq années précédentes, lui avait fait confiance ? Personne. Jamais il n'avait senti un corps vivant abandonné de cette façon contre lui, comme cette fameuse nuit où il l'avait sauvé des ténèbres et de la morsure du froid.

Luis ouvrit sa sacoche. Il en sortit le livre. C'était un ouvrage ancien aux pages jaunies, qu'il expliqua tenir de son père. Un jour, il y avait de cela très longtemps, le négociant en vins le lui avait donné, en même temps qu'une bourse de pièces d'or. Ce cadeau, si inhabituel, avait étonné Luis. D'autant plus qu'il s'agissait d'un recueil de poésie.

Ton père aimait les poèmes ? demanda Paolo.

– Non. Mais les poètes aiment le vin. L'un d'eux s'était payé une bouteille avec ce livre. Mon père ne l'avait même pas ouvert.

Tandis que le poulet commençait à rôtir sur sa broche et que son parfum se répandait dans la maison, Luis se mit à lire. Angel alla se planter devant la fenêtre, les mains enfoncées dans ses poches, écoutant les mots crépiter en même temps que le feu et que la graisse de l'animal, qui gouttait sur les bûches. Cela parlait de navigateurs des temps anciens, rejetés à terre comme des paquets de varech, ivres d'avoir vu mourir tant d'hommes au milieu des tempêtes. Cela parlait des choses de la nature et des choses du cœur, avec simplicité et courage. Et, tout en regardant la pluie battre le carreau, Angel se laissait bercer par les mots des poèmes, surpris de les comprendre sans effort. Ces mots se frayaient un chemin dans son cerveau étriqué ; c'était comme une eau puissante qui irriguait son corps, repoussant peu à peu les petits cailloux, les mottes de terre, comme lorsqu'il arrosait le potager. C'était étrange et apaisant.

À dater de ce jour, l'enfant et les deux hommes vécurent ensemble dans la maison. Chaque soir, Luis ouvrait le livre et lisait à voix haute dans les vapeurs de la soupe. Chaque soir, Angel se tenait devant la fenêtre pour que les deux autres ne voient pas les larmes, les larmes qui mouillaient ses yeux d'assassin.

Chapitre 5

Dans la sacoche de Luis, il y avait aussi du papier et des stylos. Les feuilles, blanches, proprement rangées dans une chemise cartonnée, et les stylos de différentes couleurs, à bille, à encre, tout ce petit matériel qui permet d'exprimer l'immatériel et qui attendait sagement que Luis effectue son tour du monde pour pouvoir servir.

– Pourquoi tu n'essaies pas ? demanda Paolo en caressant les feuilles du revers de la main.

– De faire le tour du monde ? Parce que c'est au-dessus de mes forces. Tu vois, je suis comme la vigne qui ne peut vivre que dans un seul sol, sur les pentes de tel ou tel coteau, sous un angle précis par rapport au soleil. Si on me déplace, je meurs.

Paolo trouvait que Luis exagérait un peu. Il s'était déjà déplacé depuis Valparaíso jusqu'ici, et cela ne l'avait pas fait mourir. Pour Paolo, qui lui, n'avait jamais pris aucun train, aucun bateau, Valparaíso était aussi loin que Madrid ou les îles Marquises, il ne voyait pas la différence.

– Dans les pays lointains, voulut le convaincre Luis, les gens parlent des langues que je ne comprends pas. Ils mangent des légumes aux goûts et aux formes bizarres, l'eau qu'ils boivent me rendrait malade, leur climat me ferait transpirer ou me donnerait mal à la tête. Les voyages sont pleins d'inconvénients et de surprises désagréables.

– Ici aussi, il y a des surprises désagréables, objecta Paolo. Le toit de ta cabane s'est envolé, et puis, la chèvre est morte.

– Mon toit était fragile, et la chèvre était vieille, répondit Luis.

Paolo faillit évoquer ses parents, dont la vie s'était également envolée, mais il se ravisa. À quoi bon parler d'eux, désormais ? C'était à peine s'il se rappelait leurs voix, leur odeur ; et puis, Angel n'aimait pas qu'on s'attarde sur le passé. Seul le présent comptait.

Il pleuvait dehors. Angel était sorti, vêtu d'un poncho imperméable qui avait appartenu au père de Paolo. Il avait annoncé qu'il allait « prendre l'air ».

Luis regardait les trombes d'eau s'abattre sur la vitre, et il se demandait comment Angel supportait de rester si longtemps sous ce déluge. Ce qu'il ne pouvait pas deviner, c'est qu'Angel aurait encore moins supporté de le voir donner à l'enfant une leçon d'écriture ; ce déluge de savoir lui aurait fait courber l'échine plus sûrement que les cascades qui déferlaient du ciel. Dès qu'il avait aperçu les feuilles, les stylos, il était allé chercher le poncho.

– Et si tu écrivais quand même ? proposa Paolo.

Luis vit briller les yeux bruns de l'enfant. Deux marrons luisants, comme fraîchement sortis d'une bogue. Paolo n'avait jamais vu personne écrire. Ses parents, illettrés, n'auraient pas même su tenir un stylo, et Angel ne valait pas mieux.

– Écrivons ensemble, répondit Luis. Un mot chacun.

Les mots étaient des serpents. Ils glissaient entre les doigts de Paolo, s'échappaient, le narguaient. Il croyait les attraper, mais leurs courbures lisses demandaient tant d'habileté qu'après un quart d'heure de chasse, la feuille de Paolo était pleine de symboles étranges et de ratures, de taches.

– C'est dur, déclara-t-il.

– C'est vrai, murmura Luis. Cela demande beaucoup d'efforts au début.

Il se disait que, tant que Paolo ne saurait pas écrire, il n'enverrait pas de lettre, et ses amis ne sauraient rien de sa lâcheté. L'ignorance de l'enfant le protégerait encore quelque temps ; mais il arriverait un moment où il ne pourrait plus se dérober. Il rangea les stylos.

– Tu n'as plus envie de m'apprendre ? s'inquiéta Paolo.

– Si, mais il ne faut pas aller trop vite.

Le désir de Paolo restait hésitant. Il devinait combien serait grand son pouvoir quand il saurait maîtriser les mots-serpents. Mais, en échange, il perdrait sans doute quelque chose de précieux. C'était comme lorsqu'il avait gagné l'amitié et la protection d'Angel : en échange, il avait perdu ses parents et il avait compris que tout se paie.

Luis glissa les feuilles dans sa sacoche. Au même instant, Angel poussa la porte de la maison. Son poncho dégoulinant de pluie, il s'avança à l'intérieur, et de la vapeur monta de lui comme de la bouche des volcans lointains qu'on apercevait vers l'ouest. Des replis du poncho il sortit, sans dire un mot, une boule de poils mouillés qu'il exhiba dans les lueurs vacillantes du feu. C'était un renardeau égaré qu'il venait de trouver. L'animal était blessé à la tête et à une patte, mais il vivait encore. Angel avait marché loin de la maison, en direction des arbres de la forêt. C'était là qu'il avait entendu, malgré les sifflements du vent et les tambours de la pluie sur sa capuche, des cris plaintifs...

Il s'approcha de Paolo, qui ouvrait des yeux immenses, émerveillés :

– Il est pour toi. Fais-en ce que tu veux.

Paolo prit le renardeau dans ses bras. Un fin duvet couvrait la tête de l'animal. Il était si léger que Paolo se sentit soudain aussi fort qu'un géant. Porter ce renard blessé contre sa poitrine lui procurait une sensation de puissance bien plus grande que s'il avait pu écrire tous les mots du monde. Il remercia Angel d'un regard et s'accroupit devant l'âtre afin de réchauffer l'animal.

Angel se débarrassa de son poncho. Il le suspendit à un crochet, et l'eau de pluie fit bientôt une flaque sur le sol en pierre.

– Est-ce bien prudent de garder cette bête ? demanda Luis.

Angel lui jeta un regard plein de défi. Le citadin pouvait toujours impressionner le petit avec ses livres et ses stylos ; jamais il ne serait en mesure de lutter contre la nature, contre sa vitalité, sa beauté, sa sauvagerie.

– Il pourrait mordre..., objecta Luis.

– Non, non, je saurai l'apprivoiser, lui assura Paolo.

Angel sourit et vint s'asseoir sur le banc, la boîte à fermoir argenté sur les genoux. Il lui restait de quoi faire deux cigarettes. Il les roula sans se presser, puis il tendit l'une d'elles à Luis.

Devant la cheminée, Paolo s'était recroquevillé, le renardeau au creux de son ventre. Avant de s'endormir, il marmonna :

– Il lui faudra du lait, n'est-ce pas, Angel, puisque c'est un bébé ?

Ce soir-là, Luis ne fit pas la lecture. Ce soir-là, Angel avait gagné.

Chapitre 6

L'automne passa, puis l'hiver. Le cortège des tâches quotidiennes accaparait les esprits : se nourrir, se chauffer, réparer les dégâts causés par les intempéries, soigner les chèvres, ramasser délicatement les œufs des poules… dormir en écoutant les mugissements de la tempête. Luis était partagé entre son envie d'aider Paolo à grandir et sa lâcheté, qui lui commandait de repousser sans cesse l'échéance. Aussi, durant ces mois difficiles, les leçons d'écriture se raréfièrent, et le livre de poèmes se couvrit d'une fine couche de poussière. Certains soirs, il faisait si froid, de toute façon, que les doigts gourds de Luis n'auraient pas pu tourner les pages.

Le renardeau guérit et reprit des forces grâce aux soins attentifs de Paolo et au lait des chèvres.

Mais, le temps des animaux étant différent de celui des hommes, plus ramassé, plus dense, il atteignit sa taille adulte avant même que Paolo sache tracer les lettres de son nom sans trembler. Aux premiers soleils du printemps, alors que la température, par soubresauts, passait la barre du zéro degré, le renardeau montra un appétit tel qu'il fallut se rendre à l'évidence : il avait besoin de viande.

Déterminé à subvenir par lui-même aux besoins de son compagnon, Paolo se mit en chasse. Il s'arma d'un pic à glace trouvé dans la remise, et partit chaque matin à la recherche de mulots, de taupes ; de n'importe quoi, pourvu que ça plaise à son renard.

Sur la lande désolée, il n'y avait que des serpents. Paolo devait donc s'aventurer loin de la maison, en direction des arbres. Cependant, jamais il n'entrait dans la forêt. Cet univers sombre et vertical lui faisait peur. Il se contentait de fouiller à l'orée et, lorsqu'il repérait une bestiole alléchante, il se dépêchait de la coincer avant qu'elle n'ait l'idée de s'enfoncer dans le sous-bois. Cette crainte de la végétation, qui agissait sur lui comme une barrière, le faisait enrager. S'il n'avait pas eu peur, sûr qu'il aurait pu rapporter plein de viande ! Au lieu de quoi, il revenait souvent bredouille, honteux d'être si peureux.

Dans la maison, le renard glapissait, puis retroussait ses babines et grognait. Paolo avait dû se résoudre à planter un piquet, autour duquel l'animal enroulait la corde qui l'entravait, jusqu'à s'étrangler. Luis évitait de passer à sa portée. Quant à Angel, il l'observait, fasciné par ses dents pointues, attendant le moment où la bête ne contiendrait plus sa nature violente. Il attendait ce moment avec régal, pensant qu'il s'attaquerait à Luis plutôt qu'à lui-même, qui était grand et fort, ou à Paolo, qui était son maître et ami. Angel ne souhaitait plus se débarrasser de Luis, comme auparavant, mais il avait sans cesse besoin de le rabaisser, de lui montrer qui était le maître.

– Tu as peur du renard, non ? demandait-il, narquois.

– Oui, avouait Luis.

– C'est ta peur qui le rend nerveux.

– Non, c'est la faim. Si nous lui donnions une de nos poules ?

– « Nos » poules ?

– D'accord… une des « tes » poules.

– Pas question.

Alors, puisqu'il faisait moins mauvais, Luis partait pour de longues promenades, loin du renard et de ce fou furieux d'Angel qui ne valait guère mieux qu'une bête. Il marchait ainsi des heures, à s'en user les pieds.

Un jour, il parvint jusqu'au bras de mer qui casse brusquement la lande, très, très à l'ouest. Surpris par cette découverte, Luis resta debout face à ces eaux glacées qui charriaient des morceaux d'icebergs, envoûté par ce surgissement liquide au milieu de l'univers minéral qui l'entourait. Au loin, comme le temps était dégagé, il apercevait la tête enneigée des volcans. Sa solitude et son désarroi, en se confrontant à tant de beauté, firent naître en lui des élans littéraires. Des bribes de phrases et des mots splendides jaillissaient dans sa tête, explosant comme des feux d'artifice. Il regretta de ne pas avoir emporté sa sacoche.

Ce jour-là, lorsqu'il revint à la maison, fourbu et étourdi, il trouva un spectacle plus étonnant encore : la table était renversée, le banc aussi, les cendres de la cheminée répandues à travers la pièce, et, dans un silence affreux, Angel et Paolo faisaient face au renard. La bête, tapie dans le renfoncement qui menait au réduit, grondait et montrait les crocs. Elle avait rompu sa corde. Les oreilles baissées, l'œil luisant, elle semblait prête à bondir.

– Ne bouge surtout pas, ordonna Angel.

Luis resta figé sur le seuil.

À côté d'Angel, Paolo pleurait sans bruit et tremblait de tout son corps. Il tenait dans ses mains le pic à glace, timidement pointé en avant, vers le renard.

Angel fit un pas vers la table. Le renard se recroquevilla un peu plus. Angel fit un autre pas. Le renard émit un grognement hargneux.

– Rejoins-moi, demanda Angel à Paolo. Doucement, voilà, comme ça...

Paolo reniflait, et sa bouche était déformée par une grimace de peur et de chagrin. Lorsqu'il fut coude à coude avec Angel, il essaya de parler à l'animal :

– Calme-toi, personne ne te veut de mal... Je suis ton ami, pas vrai ? Toi et moi, on le sait bien...

Je te promets que demain tu auras de quoi manger. Je t'apporterai une biche entière...

Le renard grogna de plus belle, retroussant ses babines.

– Et si cette bête avait la rage ? murmura Luis.

Comme la porte était restée ouverte, les bourrasques de vent s'engouffraient dans la maison, faisant tournoyer les cendres sur le sol et tanguer la lampe fixée au plafond. Angel fit un autre pas en avant. Il n'était plus qu'à quelques centimètres de la table renversée. Il tendit le bras très doucement vers le tiroir. Le couteau était là, à sa portée. Il fit glisser le tiroir très lentement, sans lâcher des yeux la bête... Tout à coup, le corps du renard se détendit. On aurait dit qu'il était catapulté par une machinerie invisible et puissante. Son bond fut si précis, si rapide, qu'Angel eut à peine le temps de se protéger le visage avec son bras. Le renard fondit sur lui, gueule ouverte. Angel hurla.

– Noon ! cria Paolo en écho.

Luis restait immobile. Il sentait le froid lui mordre le dos. Il avait l'impression d'être un iceberg, un de ces blocs de glace inertes qu'il avait observés tout à l'heure, sans bras, sans jambes pour porter secours à l'homme qui criait de douleur.

– Paolo ! hurla Angel. Tue-le ! Tue-le !

Luis se tourna vers l'enfant : il regardait ses mains et la pointe du pic à glace, puis le renard, puis Angel, de nouveau ses mains, la pointe... Angel, malgré sa taille et sa force, ne parvenait pas à se débarrasser du renard. Ils roulaient ensemble sur le sol, dans la cendre, comme des fétus de paille malmenés par le vent. La gueule du renard était fichée dans l'épaule de l'homme.

– Tue-le ! Tue-le !

Paolo sursauta. Une dernière fois, il regarda la pointe du pic à glace. Une dernière fois le renard. Puis il se jeta en avant. Luis ferma les yeux. Il n'entendit que cris, glapissements, pleurs, souffles haletants. Lorsqu'il osa regarder, il vit un tas informe : l'homme, l'enfant, le renard, tous trois entremêlés, barbouillés de sang, de sueur, de larmes.

Angel se dégagea le premier, son épaule, sa joue, son oreille gauche tachées de sang. Il s'agenouilla devant l'enfant et le tira en arrière, découvrant son visage bouleversé. Paolo tenait encore à pleines mains le pic à glace. La pointe avait disparu dans le flanc du renard, enfoncée à moitié dans les chairs et les poils.

– Paolo..., murmura Angel.

– Je l'ai tué ?

– Oui.

– C'est ce que tu voulais ?

– Oui.

Les mains de l'enfant lâchèrent le pic à glace. Son corps s'affaissa. Luis vit la déchirure de son cœur se peindre sur son visage, comme reflétée par un miroir intérieur, et il sut qu'à cet instant Paolo avait vraiment quitté l'enfance. Il sentit combien cela faisait mal, et il songea que cette mue violente allait retentir tout aussi violemment sur sa propre vie et sur celle d'Angel. Au bout du chemin de caillasses, dans cette maison battue par les vents australs, il y avait maintenant trois hommes perdus et un renard à enterrer.

Chapitre 7

Janvier était de nouveau là. Les plantes à tabac de Luis s'épanouissaient, la terre du potager craquait comme un vieux vernis, les patates se confondaient avec les cailloux, deux autres chèvres montraient des signes de vieillissement, et les yeux de Paolo ne brillaient plus comme des marrons neufs. L'épaule d'Angel cicatrisait. Il y avait un petit renflement de terre juste à côté du monticule.

Angel et Luis restaient de longs moments immobiles sur le pas de la porte, à fumer, dans les rayons du soleil couchant. L'air était plombé. Pour distraire Paolo de sa tristesse, Luis l'incitait à reprendre son apprentissage. Il savait déjà écrire : Paolo – Angel – Luis – Chili – renard – couteau.

– Veux-tu apprendre un nouveau mot ? demandait Luis en ouvrant sa sacoche.

– Je ne sais pas.

– Il y a énormément de mots, mais peu de lettres pour les tracer. Tu n'auras pas de peine à les savoir toutes.

Angel s'approchait d'eux, glissait ses fesses sur le banc. Il avait baissé la garde. Les feuilles et les stylos ne l'effrayaient plus. Tout ce qu'il voulait, c'était apercevoir un sourire sur les lèvres de Paolo, quel qu'en soit le prix.

– Allez, Paolo, montre-moi comment tu t'y prends, l'encourageait-il.

– Ça t'intéresse vraiment ?

– Bien sûr.

Méfiant, Paolo prenait un stylo à encre noire. Angel – Chili – renard – couteau... Ses cheveux raides retombaient sur la feuille, des mèches glissaient et crissaient sous la plume. Il faisait un mouvement avec la tête pour les rejeter en arrière. Angel observait son visage. Ses traits s'étaient durcis, affirmés, mais on n'y devinait encore aucun signe de puberté. Quel âge pouvait-il avoir, ce gosse ? Angel regrettait d'avoir tué la mère Poloverdo sans lui avoir posé la question.

– À ton avis, Luis, quel âge a Paolo ?

La leçon d'écriture terminée, Paolo était sorti, laissant seuls les deux hommes.

– Je dirais... dix ans, onze ans ? fit Luis. C'est ça ?

– Je n'en sais rien.

– Tu es son père, et tu n'en sais rien ? Comment est-ce possible ?

Angel se souvint qu'il avait laissé ce mensonge en suspens depuis le premier jour, lorsque Paolo l'avait appelé « Papa » pour l'empêcher de commettre un nouveau meurtre.

– Les pères ne sont pas des mères, se contenta-t-il de répondre.

Luis traîna une chaise au-dehors et s'assit devant le ciel. Il se rappela son propre père, le négociant en vins, qui savait avec précision les dates des bonnes cuvées, mais oubliait systématiquement les anniversaires de ses enfants. Il comprit ce qu'Angel voulait dire.

– Et sa mère, où est-elle ?

– Elle est morte.

Luis regarda Paolo, au loin, qui binait le potager. Son regard glissa vers le monticule.

– C'est triste, dit-il.

– Ouais.

Le plus étrange, c'était qu'Angel se sentait vraiment triste, là, dans cette lumière rasante et mélancolique, dans cet espace vide et désespérant, avec le temps qui passait, la vie qui s'étirait, insensée, longue, d'autant plus longue et insensée qu'il voyait venir le moment où il perdrait l'affection de Paolo. Sans l'amour de cet enfant, il redeviendrait ce qu'il était, un assassin, un voleur, un escroc, un parasite dont la vie n'importe à personne.

Il jeta sa cigarette par terre et l'écrasa. Sa bouche le brûlait, il avait soif. Il rentra dans la maison, un peu étourdi par les sensations qui faisaient trembler son être, et attrapa la cruche. Elle lui échappa. Il la vit tomber à ses pieds, rebondir sur la pierre, et se briser en mille morceaux.

Luis passa sa tête par l'embrasure de la porte :

– Qu'est-ce que c'était ?

Angel resta muet, stupide. Cette cruche, ces morceaux de terre cuite, ces éclats à ses pieds, c'était son cœur qui venait de se briser. Il sentit sa gorge se nouer. Il s'agenouilla comme on s'effondre et n'eut même pas la force de rassembler les morceaux. Son corps tout entier était secoué de sanglots.

Luis vint s'accroupir à ses côtés. Sans comprendre la raison de ces pleurs, il éprouva une compassion extrême. Quoi ? Cet homme, cette brute, ce type inculte et taciturne, pleurait ! Les choses de ce monde étaient donc si étranges que l'on puisse assister à pareille scène ? Il posa sa main sur le bras d'Angel. Il y avait tant de raisons de pleurer, après tout ! Cette cruche brisée, le froid, la faim, l'abandon, l'exil, les naufrages, les mères qui s'en allaient un beau jour au bras de leurs amants, les pères qui donnaient des bourses pleines d'or en croyant faire plaisir, les nuits face à la mer à Valparaíso, l'absence des femmes, les rêves inaccessibles, les poèmes fabuleux dont on ne se souvient plus, les enfants trahis, les renards morts, la peur de vivre, tout cela et bien d'autres choses encore constituaient un ensemble infini de raisons valables pour se sentir triste.

Les deux hommes étaient là, à genoux par terre, quand Paolo les trouva. Il revenait du potager, le front luisant de sueur, sa binette sur l'épaule, avec l'intention de boire un peu d'eau de la cruche. Il plissa les yeux, car il n'était pas bien certain de voir ce qu'il voyait. Quand enfin il osa s'avancer, Luis et Angel se tournèrent vers lui avec leurs yeux rouges et leurs joues mouillées. Il ne rêvait pas.

Le soir même, il ajouta un nouveau mot à la liste de ceux qu'il savait déjà écrire : cruche.

Quelques jours plus tard, les deux chèvres malades moururent. Il n'en resta plus que deux dans l'enclos.

– Deux chèvres, six poules, quelques patates et beaucoup de feuilles à tabac, énuméra Luis.

– On ne passera pas l'été, dit Angel.

Paolo se tourna vers Luis :

– Tu as de l'argent, non ?

– Je vous l'ai dit : j'en ai beaucoup. Sur un compte à mon nom, dans une banque de Valparaíso. Mais à quoi cela pourrait-il nous servir ? Il n'y a rien à acheter, ici.

– Ici, non..., admit Paolo.

Angel et Luis soupirèrent en même temps. Bien entendu, ils n'allaient pas se laisser mourir de faim dans cette maison perdue. Bien entendu, il fallait trouver une solution. Mais tout de même...

– Je n'ai jamais été à une foire, dit Paolo.

– Moi non plus, répondit Luis.

À Valparaíso, il ne fréquentait que les quartiers chics, les restaurants, les théâtres, les librairies. Pas les foires.

– C'est vraiment ce que vous voulez ? demanda Angel.

Son cœur cognait dans sa poitrine. Ces derniers temps, cet organe lui faisait des misères. Il se gonflait démesurément, sautait comme un singe en cage, battait la chamade ou se rétractait jusqu'à n'être pas plus gros qu'un raisin sec. Cette activité intérieure, là, dans sa poitrine, le déroutait et le dérangeait.

– C'est vraiment ce que vous voulez ? insista-t-il.

– Il le faut..., dit Paolo.

– Oui, ajouta Luis.

Angel frissonna. Ces mots sonnaient comme le glas un dimanche d'automne. Tout ce qu'il redoutait était en train d'arriver, et il ne voyait pas comment empêcher les choses de se faire. S'il en avait eu le courage, il aurait tué tout le monde, lui-même compris, pour arrêter le temps et s'éviter les souffrances qu'il voyait venir. Mais rien qu'à l'idée de sortir son couteau, il blêmissait. Cet outil n'était plus bon qu'à éplucher les patates.

Dès le lendemain, ils rassemblèrent leurs maigres effets, et Paolo accrocha les volets à la fenêtre de la maison. Puis il ferma la porte.

C'était un matin sans vent, sans pluie, sans soleil. Les nuages, en une couche compacte et immobile, écrasaient la terre sous leur masse uniforme. Paolo fit le tour du potager, remonta sur le chemin, caressa la terre sur le monticule, murmura quelque chose et se tourna vers le sud. D'un commun accord, Luis et Angel avaient décidé de faire route dans cette direction. Le nord ne leur disait rien de bon. Le nord, c'était Valparaíso et les amis qui attendaient des lettres improbables ; le nord, c'était Temuco, la police, tout un passé désagréable dont il était préférable de s'écarter. Pour Paolo, n'importe lequel des points cardinaux faisait l'affaire. Son passé, c'était ici qu'il le laissait, au centre, au milieu de tout, sur cette terre de désolation.

– Allons-y, dit-il.

Luis prit quand même sa sacoche. Angel prit quand même son couteau. Paolo, une poignée de terre, qu'il glissa dans sa poche.

Chapitre 8

La première personne qu'ils rencontrèrent fut un alpiniste. Un alpiniste belge qui cherchait des montagnes.

– Vous êtes dans le bon pays, fit remarquer Luis.

– J'ai bien préparé mon voyage, expliqua le Belge.

Il avait loué un âne à Puerto Natales, lequel était chargé de sacs contenant, d'après l'aventurier, de quoi affronter tout seul les rudesses de la montagne pendant au moins quinze jours.

– Vous voulez voir ?

Il exhiba fièrement ses rations de survie, ses soupes déshydratées en sachet, ses bouteilles thermos, puis il commença à déballer son matériel d'escalade tout neuf : baudrier, cordes, pitons, chaussures, couvertures chauffantes...

– Ça fait dix ans que j'en rêve ! rigola-t-il, le feu aux joues. Alors, pensez-vous, j'ai eu le temps de faire mes courses !

Il cessa de rire en constatant que son auditoire ne semblait pas d'humeur à bavarder. L'homme le plus costaud, surtout, lui faisait un peu peur. Mais bon, il était chilien ! Et tout le monde lui avait vanté l'accueil, la bonhomie et la générosité des Chiliens.

– Alors voilà, j'ai de la route à faire, dit-il en rangeant ses affaires précipitamment.

Ce faisant, il tourna le dos à Angel.

* * *

La seconde personne qu'ils rencontrèrent fut un cavalier, un fermier de la Pampa, fier et hautain, menant une douzaine de moutons gras vers Punta Arenas.

– Ho là ! cria Angel.

Le fermier arrêta son cheval, siffla son chien, et les moutons s'arrêtèrent à leur tour pour brouter l'herbe rase. Il jeta un regard méfiant à l'étrange convoi.

– Nous descendons à Punta Arenas, lui expliqua Angel. Est-ce la bonne route ?

Le fermier acquiesça.

– C'est encore loin ? demanda Paolo.

– Très loin, répondit le fermier.

Angel lui dit qu'ils avaient un problème avec leur âne.

– Il boite. Seriez-vous assez aimable pour jeter un coup d'œil ? C'est la jambe antérieure gauche.

Le fermier s'y connaissait en matière d'équidés. Il descendit de cheval, confia la bride à Paolo et se baissa pour examiner la jambe de l'âne.

Ce faisant, il tourna le dos à Angel.

* * *

– Ce n'est pas bien d'avoir fait ça, dit Luis après un long silence.

Il était assis, derrière Angel, sur la croupe du cheval. Autour d'eux, le ciel brassait des nuages lourds. Luis secouait la tête :

– Non, ce n'est vraiment pas...

Angel tira brusquement sur la bride du cheval, qui stoppa net, et Luis ne put achever sa phrase.

– Si tu veux marcher jusqu'à Punta Arenas, personne ne t'en empêche, dit Angel. Tu n'as qu'à descendre.

Luis ne trouva rien à répondre. S'il désapprouvait la manière dont Angel avait dépouillé les deux voyageurs, au fond il n'était pas mécontent de s'épargner la fatigue d'un long trajet à pied. Mais, tout de même, c'était du vol.

– Que va penser Paolo ? souffla-t-il à l'oreille d'Angel. Ce n'est pas un exemple pour un enfant de son âge.

Angel haussa les épaules. Pour une fois, il n'avait tué personne et s'était comporté en homme civilisé. Il avait juste posé la pointe de son couteau sur la nuque des deux hommes pour leur faire peur ; quel mal y avait-il à cela ? De plus, il les avait ligotés proprement, grâce au matériel d'alpinisme tout neuf du Belge. Son seul regret était pour le chien du fermier ; celui-là était trop hargneux, il avait fallu l'éliminer. Paolo avait poursuivi les moutons qui s'enfuyaient, terrorisés par le coup de feu, sans réussir à en attraper un seul.

– Ça aurait pu mal tourner, reprit Luis. Si le fermier s'était emparé de son fusil...

– Il ne s'est pas emparé de son fusil. Arrête de geindre. Ça m'énerve.

Luis se tut. Le fusil, justement, se balançait dans sa housse de cuir contre le flanc du cheval. Angel pouvait à tout moment dégainer. Luis poussa un soupir résigné. Et tandis qu'Angel guidait le cheval sur les mauvais chemins, il songeait aux menaces proférées par l'alpiniste : « Je me plaindrai à l'ambassade ! Je vous retrouverai ! » Mais ses cris furieux s'étaient disloqués depuis longtemps dans les rafales du vent sec qui balayait la plaine.

– On regrettera peut-être de ne pas les avoir tués, marmonna Angel, qui songeait à la même chose.

Luis sentit un long frisson descendre dans son dos. Angel n'avait pas l'air de plaisanter. Était-il de cette sorte d'hommes aux yeux de qui la vie n'a pas de valeur ? Luis ne pouvait croire qu'il chevauchait en compagnie d'un criminel, surtout après l'avoir vu pleurer, souffrir, et soigner les chèvres. Il décida néanmoins de rester sur ses gardes.

À côté d'eux, Paolo montait l'âne. Silencieux, il maintenait son dos bien droit, le regard fixé devant lui. La prestance du fermier de la Pampa l'avait fortement impressionné, et il essayait de lui ressembler. Il se laissait pénétrer par le paysage, par le vent, et se représentait déjà le confort inattendu du bivouac du soir, les couvertures chaudes et l'air qui embaumerait la soupe. Rien ne l'avait choqué dans les gestes d'Angel, tout à l'heure. Il ignorait les lois et les commandements de la morale ; personne ne lui avait appris qu'on ne doit pas voler, ni ligoter les Belges. Pour la première fois de sa vie, il attendait quelque chose de l'avenir. Il attendait la foire, la ville, les vaches et les moutons. Devant lui, le Chili semblait s'étendre comme un tapis rouge de cérémonie. Lorsqu'il entrerait dans Punta Arenas, fier et droit sur sa monture, ce serait triomphal.

Chapitre 9

Il leur fallut trois jours pour rejoindre la ville. Trois jours à traverser les paysages, les montagnes, les ruisseaux tumultueux, trois jours à affronter le froid, à se tanner les fesses sur l'échine du cheval et de l'âne, trois jours de silence, durant lesquels chacun vécut replié sur lui-même comme un bernard-l'ermite.

Lorsqu'ils arrivèrent enfin à Punta Arenas, ils étaient si fourbus qu'ils tenaient à peine sur leurs montures. Ils penchaient, s'affaissaient, grimaçaient de douleur au moindre écart, leurs fesses étaient pleines de furoncles douloureux ; ce n'était pas triomphal du tout.

N'ayant pas un sou en poche, ils se dirigèrent droit vers la banque afin d'y retirer l'argent de Luis.

– Tu devrais nous attendre dehors, suggéra Luis à Angel.

– Pourquoi ?

– Pour garder les bêtes.

– Je ne suis pas un gardien de canassons, grogna Angel.

Luis passa sa main dans les cheveux de Paolo :

– Écoute... Je crois vraiment que c'est mieux si j'entre seulement avec le petit. Ça fait plus respectable.

Angel plissa les yeux et grinça des dents.

– C'est une banque, nom de Dieu ! souffla Luis, exaspéré. Un établissement-sous-surveillance-électronique !

Angel jeta un regard méfiant vers le bâtiment. Il était gris, cubique, sans charme. Une caméra fixée au-dessus de la porte lorgnait les clients comme une sentinelle. Il pensa à son couteau, à tout ce qu'il avait fait avec. Cela serait-il visible ? La caméra pouvait-elle voir à travers lui, détecter sa véritable nature ?

– D'accord, fit-il, mais Paolo va rester avec moi.

– Non, il va venir avec moi.

– Il va rester dehors !

– Dedans !

– Dehors !

Paolo saisit Luis par la main.

– Je n'ai jamais vu l'intérieur d'une banque, dit-il.

Angel sentit son cœur rétrécir et devenir petit comme un raisin sec. Il se demandait à quoi jouait Luis. Quelle idée avait-il derrière la tête en disant que ça faisait respectable d'entrer dans la banque avec un enfant ? Allait-il déclarer à la guichetière que Paolo était son fils ? Allait-il demander au petit de l'appeler « Papa » ? Allait-il lui prendre pour de bon l'amour et la tendresse, ce bonheur étrange qui donnait enfin un peu de sens à son existence ?

Luis s'agenouilla devant l'enfant et tenta de le recoiffer en ratissant sa tignasse rêche avec les doigts. Il remonta le col de sa chemise, donna quelques tapes sur les manches de son manteau, et la poussière fit éternuer Paolo. Alors, Luis lui prêta son mouchoir, un carré de tissu, blanc comme un miracle.

– Hmm, fit-il en se redressant. Allons, ça ira.

Angel finit par les laisser entrer dans la banque, tous les deux, main dans la main. Il resta seul, tête nue, sous la pluie fine qui commençait à tomber, saupoudrant les toits colorés de Punta Arenas de petits cristaux semblables à du sucre.

Une fois dans la banque, Paolo ôta les gants qu'il avait récupérés dans les affaires de l'alpiniste et se laissa engourdir par la chaleur du chauffage. Des gens allaient et venaient, ou attendaient patiemment dans les files, devant les comptoirs. Il y avait des hommes de la ville en costume gris, des hommes de la mer en ciré jaune, des hommes de la plaine en manteau de peaux, et des femmes. Cela faisait longtemps, très longtemps, que Paolo n'avait pas vu de femmes – depuis la mort de sa mère, en fait – et il les regardait avec une immense curiosité. Parmi les employées de la banque, certaines portaient des jupes et des chaussures à talons. Paolo s'aperçut que Luis aussi regardait les femmes, qu'il les examinait même très attentivement.

Ils prirent place dans une file, face au comptoir des retraits. Après tant de temps passé dans la maison perdue et après ces quelques jours sur la route, se retrouver dans une banque leur faisait un drôle d'effet. Ici, on n'entendait ni le vent ni la pluie. Il y avait des bruits de voix, des cliquetis de machines, des sonneries de téléphones, et, derrière les vitres fumées, le monde extérieur semblait irréel. Paolo, qui n'avait jamais foulé de moquette, aurait aimé enlever ses chaussures afin d'en sentir la douceur sous la plante de ses pieds. En comparaison avec son monde de roche, de terre et de vent, la banque lui semblait être un univers merveilleusement calme, ouaté, civilisé. Il avait l'impression d'avoir traversé le temps et l'espace, et d'être arrivé sur une planète différente de la sienne. Pourtant, il ne ressentait pas la peur. La présence de Luis à ses côtés le rassurait : lui connaissait les choses de la ville, il pouvait lui faire confiance.

Lorsqu'ils parvinrent au comptoir, Paolo dut se hisser sur la pointe des pieds pour voir ce qu'il y avait derrière. Une femme aux cheveux grisonnants lui envoya un sourire aimable, puis demanda à Luis ce qu'il souhaitait. Luis ouvrit sa sacoche et en sortit un portefeuille. Il tendit sa carte d'identité à la dame. Elle se tourna un instant vers l'écran d'un ordinateur, sourit de nouveau et demanda à Luis de remplir un formulaire. Pendant le temps de ces opérations, Paolo contemplait les plantes en pots, la pendule à quartz accrochée au mur, les meubles à tiroirs métalliques, desquels les employés venaient régulièrement extraire des papiers qu'ils allaient ensuite distribuer à qui mieux mieux aux clients sages que la chaleur des lieux endormait. Ici, personne ne chassait les serpents, personne ne sortait un couteau sans crier gare ni ne plumait de poule, et il y avait même dans un coin une fontaine à eau avec des gobelets en plastique. Paolo observait les gens qui se croisaient en s'adressant des « bonjour ! », des « au revoir ! », des « comment ça va ? ». Comme tout cela paraissait simple et agréable !

Enfin, la dame tendit à Luis une liasse de billets neufs par-dessus le comptoir.

– Votre fils veut peut-être un bonbon ? s'enquit-elle.

– Tu en veux, Paolo ? fit Luis.

Paolo hocha la tête. Il ignorait ce qu'était un bonbon, mais il était prêt à tout accepter de cette gentille dame. Elle lui tendit une corbeille. Il regarda les papiers de couleur et en choisit un jaune.

La dame sourit encore :

– Moi aussi, ce sont les jaunes que je préfère !

Et ses bons yeux de grand-mère brillaient tendrement en croisant ceux de l'enfant.

Puis il fallut quitter la banque. À regret, Paolo boutonna son manteau et rentra la tête dans les épaules. En sortant, il serrait son poing sur le bonbon, bien décidé à le garder toute sa vie, comme un talisman. Le papier jaune, petit éclat de soleil tombé du ciel, ne pouvait que lui porter bonheur.

Chapitre 10

La foire au bétail ne devait avoir lieu que le surlendemain. D'ici là, l'argent de Luis suffirait sans doute à couvrir les frais de nourriture et d'hébergement. Il resterait ensuite de quoi acheter quelques moutons et, pourquoi pas, une vache.

Luis obtint l'adresse d'une auberge, située au nord de la ville, qui acceptait de prendre l'âne et le cheval en pension et proposait deux chambres pourvues de lavabos pour une somme assez modique. Ils s'y rendirent sous la pluie, à la tombée du jour. Angel, contrarié par l'épisode de la banque, gardait le silence et s'arrangeait pour faire passer le cheval dans les ornières et les nids de poule. À chaque soubresaut, Luis gémissait de douleur. Ses fesses de citadin étaient au supplice.

L'auberge avait une allure de lupanar et de coupe-gorge. Son toit pentu descendait sur des fenêtres petites et sales qui, pour n'être jamais ouvertes, pourrissaient de l'intérieur sous l'effet de la condensation. Dès l'entrée, une odeur de chien mouillé et de sueur humaine sautait au nez du voyageur et lui coupait l'appétit, ce qui n'était pas une mauvaise chose étant donné la médiocre qualité du souper. L'aubergiste, un homme petit et maigre qui portait une barbe jaunie et mordillait en permanence l'embout d'une vieille pipe, montra les chambres à Angel et Luis, tandis que Paolo menait les bêtes dans l'arrière-cour, sous un auvent qui servait d'écurie. La boue et le crottin mêlés collaient aux semelles de ses chaussures. Tout en pataugeant dans cette fange, il pensait à la banque et serrait le bonbon un peu plus fort en se demandant pourquoi il devait se contenter de vivre dans des endroits pareils alors qu'il existait des maisons chauffées pleines de moquette.

Dans la salle commune, la femme de l'aubergiste leur servit un ragoût de mouton trop salé et un pichet de vin coupé d'eau. Les tables graisseuses étaient criblées de trous, les chaises bancales ; la cheminée était noire de suie, et une fumée épaisse flottait au-dessus des têtes des convives comme un brouillard montant de la mer. Puisqu'il n'y avait que deux chambres pour trois, la question de la répartition posait problème. Avec qui Paolo allait-il dormir ?

– Il dormira avec moi, décida Angel. Je suis son père.

– Ma chambre semble mieux chauffée, objecta Luis.

– Mais elle est plus petite.

– J'ai cru voir que le lavabo de la tienne était bouché...

– Paolo n'a pas besoin de se laver.

Tout en mastiquant les morceaux de mouton, Paolo regardait les tableaux accrochés aux murs de la salle. C'étaient des peintures qui représentaient des scènes de la vie à Punta Arenas : un chalutier sur le port, la sortie d'une église sous le soleil, un marché. Ces tableaux n'étaient pas vilains. Intrigué par leurs couleurs, il se leva et s'approcha de celui qui représentait le port. Il tendit la main pour en effleurer la surface.

– N'y touche pas, petit ! s'exclama l'aubergiste depuis le fond de la salle.

Paolo sursauta et fourra la main dans sa poche. L'aubergiste venait vers lui.

– Tu les aimes ? demanda-t-il.

Paolo leva les yeux.

– Je n'avais jamais vu..., commença-t-il.

– Tu n'avais jamais vu de tableaux ?

Paolo secoua la tête. L'homme le regardait avec étonnement et une certaine bienveillance.

– C'est ma fille, Délia, qui les a peints.

L'aubergiste s'adressa à Luis et Angel :

– Ils sont à vendre, si vous voulez.

Luis se leva à son tour et vint se placer à côté de Paolo. Il regarda la toile d'un peu plus près.

– Tu l'aimes ?

– Oui, souffla Paolo.

– Combien ? demanda Luis à l'aubergiste.

L'homme lui fit signe de patienter un instant, traversa la salle et disparut derrière une petite porte. À son tour, Angel se leva de table ; il sentait venir l'embrouille.

– Tu es fier de ton argent, pas vrai ?

– Je n'en suis pas fier, répondit Luis tranquillement. Je m'en sers, c'est tout.

L'aubergiste revint quelques minutes plus tard, accompagné d'une jeune femme.

– Voici Délia, ma fille.

La jeune femme s'approcha timidement. Elle portait une salopette de grosse toile et un châle jeté sur ses épaules. Sous sa lourde chevelure noire maintenue en arrière par un peigne, son visage lumineux avait la douceur de l'aube. Paolo se sentit troublé lorsqu'elle posa ses yeux sur lui.

– C'est pour toi ? murmura-t-elle.

Paolo resta muet.

– Oui, répondit Luis à sa place. Je souhaite lui faire un cadeau.

– Ce n'est pas encore décidé, précisa Angel.

La jeune femme tourna son visage vers celui qui avait parlé de sa voix rude. L'assassin avala sa salive avec difficulté.

– Asseyez-vous ! proposa l'aubergiste. Je vous offre une bouteille de ma cave personnelle.

Ils se retrouvèrent tous les quatre à la table. Paolo face à Délia, Luis à côté de lui et Angel à côté de Délia, se versant à boire plus que de raison. La jeune femme parla de sa peinture, des couleurs de la ville, de ses promenades et de la manière qu'elle avait de choisir un sujet. Son visage s'animait, ses yeux s'allumaient comme des braseros.

– Je voulais m'inscrire aux Beaux-Arts, à Santiago. Mais il y a le voyage en train, la chambre à louer, le matériel à acheter... Nous n'avons pas les moyens. Alors, je peins et j'essaie de vendre quelques toiles pour mettre de l'argent de côté. Une fois par semaine, je prends un emplacement au marché. Parfois, un touriste m'achète une ou deux toiles. Ici, à l'auberge, c'est plutôt pour décorer. Les fermiers ne prêtent pas tellement attention à la peinture...

Ses yeux s'arrêtèrent sur Paolo :

– Heureusement, il y a des âmes sensibles et des enfants qui savent regarder.

Elle lui sourit. Luis parla alors avec effusion des musées de Valparaíso, citant des noms de peintres célèbres, faisant de longues phrases alambiquées. Il prenait des pauses, cherchait ses mots, citait des dates, s'enthousiasmait à propos de couleurs aux noms inconnus qui faisaient frémir l'imagination de Paolo : vermillon, carmin, bleu de Prusse, terre d'ombre brûlée, émeraude... Délia se passionnait, leurs mots se mêlaient et dansaient dans les oreilles de Paolo. La mâchoire serrée, Angel rongeait son frein.

– Voulez-vous un autre verre ? demanda-t-il à Délia.

– Volontiers.

Paolo vit que la main d'Angel rencontrait furtivement celle de la jeune femme et qu'il versait un peu de vin à côté du verre.

– Je vous achète ce tableau qui représente le port, décida Luis. Votre prix sera le mien.

Délia regarda de nouveau Paolo.

– Tu as de la chance, dit-elle, d'avoir un papa si gentil.

Angel ouvrit la bouche, mais Paolo fut plus rapide.

– Luis n'est pas mon père, expliqua-t-il.

La jeune femme haussa les sourcils et se tourna vers Angel. Il lui semblait impossible que cet homme, avec son cou de taureau et ses mains de brute, fût le père de cet enfant si délicat. Angel sentit peser sur lui le soupçon et la défiance. Il eut instantanément envie de fuir cet endroit, mais il s'obligea à rester assis.

Délia se leva et alla décrocher le tableau.

– Quel âge as-tu ? demanda-t-elle à Paolo.

– Je ne sais pas.

– Et ton prénom ? dit-elle en riant. Tu le connais ?

– Paolo. Paolo Poloverdo.

Elle posa le tableau à l'envers sur ses genoux, sortit un feutre d'une poche de sa salopette et écrivit au dos de la toile : « Pour les yeux brillants de Paolo Poloverdo, un soir, à Punta Arenas. » Puis elle tendit le tableau à l'enfant.

Luis fit comprendre à Délia qu'il ne souhaitait pas montrer son argent en public, dans la salle pleine de convives, et lui proposa de monter avec lui dans sa chambre. Délia hocha la tête. Ses joues étaient roses, et Paolo sentait l'électricité de l'air lui picoter la nuque.

Luis prit la main de Délia, se leva, puis se tourna vers Angel, qui restait figé sur sa chaise, le visage crispé.

– C'est d'accord, dit-il, Paolo dormira avec toi. Je resterai seul... Tant pis !

Chapitre 11

Cette nuit-là, Angel ne parvint pas à dormir. Il cherchait une fois de plus comment se débarrasser de Luis, mais ne voyait pas d'autre solution que celle du meurtre, et cela le contrariait beaucoup. Entre deux bouffées de rage, il écoutait la respiration paisible de Paolo. Ce souffle d'enfant agissait sur ses brûlures comme un cataplasme. Puis il revoyait le beau visage de Délia, sa chevelure, ses yeux de braise, et de nouveau il étouffait.

À la fin, n'y tenant plus, il chaussa ses bottes et sortit. Quelle heure pouvait-il être ? Dans le couloir, au premier étage de l'auberge, il n'y avait pas un bruit. Il colla son oreille contre la porte de Luis et n'entendit rien non plus. Ce silence était pire que tout. Angel descendit en faisant craquer les marches de l'escalier. Il ouvrit la porte d'entrée et laissa le vent froid lui fouetter le visage. Il sentait monter en lui une vague de souffrance et de violence, quelque chose d'énorme que son corps n'arrivait pas à contenir. Il s'avança dehors, dans la nuit humide.

Tandis qu'il descendait vers le centre de la ville, il avait l'impression de marcher dans un rêve. Les temps se confondaient : il revoyait les autres villes, les autres nuits, celles de sa vie passée. Au contact de Punta Arenas, c'était Talcahuano et Temuco qui surgissaient : des images, des sensations, la nuit, les néons des bars, les coups, les bagarres, la peur, la haine et le dégoût. Il se mit à courir. En bas, au bout de la rue, il y avait des lumières. Elles ondoyaient devant ses yeux ; Angel était déjà ivre de douleur.

Le premier bar dans lequel il entra était bondé. Une foule de jeunes gens et de jeunes femmes riaient et dansaient au milieu des tables. Il se renseigna : on fêtait le départ d'un bateau de pêche, qui levait l'ancre tout à l'heure, à l'aube. Ces hommes au visage rouge allaient passer des semaines en mer, privés de tout, à la merci de l'océan. Ils entendaient la mort frapper à leur porte, et cela les poussait à boire et à danser. Sans trop savoir comment, Angel se retrouva avec une chope de bière dans les mains, puis une autre, et encore une. Il se mit à rire et à danser comme les autres, mais avec le sentiment de n'être plus tout à fait lui-même, comme s'il s'était dédoublé et qu'il avait laissé son âme sur le trottoir. Et, tandis qu'il dansait, il sentait son couteau tressauter dans la poche sur sa poitrine, comme un second cœur.

Plus tard, alors qu'il s'était affalé sur une banquette, une fille blonde complètement saoule s'assoupit contre lui, la tête sur son épaule. Elle sentait le tabac, l'alcool et la sueur. Il la secoua. Dans ses yeux flous, il vit son propre reflet : son visage taillé au burin, sa barbe sale, son rictus d'homme en proie à la folie. Un éclair le transperça. Il souleva la fille à hauteur de sa bouche – pour l'embrasser ou la dévorer, il ne savait plus. Autour d'eux, la foule exultait, tournoyait en une ronde insensée. Angel sentit faiblir ses bras. La fille glissait contre le dossier de la banquette. Elle rigolait, elle parlait, mais Angel ne comprenait rien. Il posa ses paumes sur le mur crasseux, pour reprendre son souffle. En dessous de lui, il voyait la poitrine de la fille se soulever. Elle s'était rendormie, assise par terre, dans les traces de boue et les papiers mouillés. Angel sentit sa gorge se nouer. Non, cette fois, il ne pouvait pas. Il ne voulait pas de cette fille, ni de Délia, ni d'aucune autre.

Il se releva, presque soulagé, traversa la foule des noceurs en jouant des coudes et se retrouva dehors.

Il passa le reste de la nuit à arpenter les rues aux abords du port, sans aucune notion du temps, crachant et criant dans l'obscurité, malade de lui-même et du monde ; à cet instant, il aurait tant voulu être un autre !

Enfin, alors que le ciel commençait à s'éclaircir, il s'arrêta. Un rayon de lumière vive colorait la surface de la mer. Il eut froid soudain et comprit que sa fièvre était tombée. Alors, il s'ébroua et décida de retourner à l'auberge. Paolo allait se réveiller. Que penserait-il s'il ne voyait personne à son côté ? Il allait se sentir abandonné !

Angel se mit à courir vers les hauteurs de la ville. Il aspirait le froid du petit matin et expulsait par ses narines tout ce qui restait en lui de hargne et de violence.

En pénétrant dans la chambre, il trouva Paolo roulé en boule au milieu du lit, toujours aussi calme. Il s'assit sur le bord du matelas et effleura le front de l'enfant, très doucement, du bout des doigts. Il resta ainsi une heure, immobile, avec l'impression de déchiffrer pour la première fois le sens de l'existence. L'existence, c'était ça : la naissance incertaine de l'aube, le souffle d'un enfant endormi, et un homme aux grosses mains d'assassin, assis dans le noir, en train de souffrir.

Chapitre 12

Paolo se réveilla, gêné par un poids sur ses jambes. Il se redressa : Angel gisait en travers du lit, tout habillé, et c'était son corps qui pesait sur ses jambes. Paolo se dégagea et se pencha vers le visage de l'homme. Il sentit son souffle chaud et fut rassuré. Un instant, dans la brume du réveil, il l'avait cru mort, terrassé par une force mystérieuse. Il rejeta les couvertures pour sortir du lit. Tout en s'habillant, il contemplait le tableau qu'il avait posé la veille sur la commode. Le port, le chalutier, les taches jaunes des cirés, la mer. Lorsqu'il plissait un peu les yeux, il avait l'impression d'être absorbé par la toile et de sentir l'odeur du poisson. Son cœur se gonflait comme une éponge, et quelque chose tremblait dans les profondeurs de son être. Cela le déroutait et lui plaisait infiniment.

Angel ronflait sur le lit. Paolo quitta la chambre.

Ne trouvant pas Luis en bas et n'osant pas aller frapper à sa porte, il se décida pour l'âne et le cheval : après tout, les bêtes valaient bien les deux hommes.

Un jour gris s'était levé sur la cour boueuse. Paolo sautilla pour éviter les flaques et parvint sous l'auvent où l'âne et le cheval, le poil brillant d'humidité, piaffaient de faim. Il trouva du foin au fond de l'abri et s'assit sur une vieille selle pour les regarder manger. Derrière lui, suspendu à des clous rouillés, il y avait tout un matériel oublié par les cavaliers de passage : tapis de selles, sangles, étrilles, licols... Paolo s'empara d'une cravache en cuir et joua un moment à fouetter les brins de paille autour de lui, les faisant voler. Lorsque la paille se fut éparpillée, il fit des marques dans le sol glaiseux du bout de la cravache. Au début, sans y penser, il traça des lignes au hasard. Et puis, s'apercevant que la cravache était maniable, il descendit de la selle et s'appliqua. Les mots prenaient forme dans la boue, presque mieux que sur les feuilles blanches de Luis : Paolo – Chili – renard – couteau – cruche.

Il contempla le résultat. Ensuite de quoi, il réfléchit et, timidement, traça un T, puis un A, un B, un L et un O. TABLO.

– Bonjour, Paolo ! lança une voix dans la cour.

L'enfant sursauta, vit Délia qui s'approchait et rougit. Il piétina la boue dans laquelle il venait d'écrire et poussa précipitamment les brins de paille dessus. Délia, enveloppée dans son châle, le rejoignit sous l'auvent. Elle caressa l'encolure de l'âne, puis celle du cheval.

– Ils sont à toi ?

– Oui.

– Tu en prends bien soin, je vois.

– Oui.

Elle s'accroupit devant lui :

– Il paraît que tu viens pour la foire au bétail ?

– Oui.

– Lequel des deux est vraiment ton père ? Luis ou Angel ?

Paolo fronça les sourcils et baissa la tête. Que devait-il répondre ? Aucun des deux n'était son vrai père, bien sûr, mais comment pouvait-il les départager ? Angel s'était occupé de lui, l'avait nourri, lui avait offert le renard. Luis lui avait appris les lettres, la beauté des poèmes et offert le tableau. Les deux hommes le faisaient souffrir et vivre à la fois, comme des pères. Délia devina son embarras et changea de sujet.

– Combien de moutons aimerais-tu acheter ?

– Je ne sais pas.

– Dix ?

– Oui.

– Il faut beaucoup d'argent pour dix moutons !

– Et aussi une vache !

– Luis a vraiment beaucoup d'argent, alors ?

– Beaucoup. Il va à la banque, et il demande à une gentille dame. Elle lui donne des billets. Moi, elle m'a donné...

Paolo s'interrompit. Il n'avait pas tellement envie de parler de son bonbon porte-bonheur. En révélant son existence, il craignait de briser son pouvoir magique.

– Elle t'a donné quoi ?

– Rien. Un verre d'eau.

Délia se mit à rire :

– Tu es un drôle de bonhomme !

Elle fourra sa main fraîche dans les cheveux hirsutes de Paolo, s'approcha de lui, l'entoura de ses bras et déposa un baiser sur sa joue. Puis elle se leva et partit rapidement à travers la cour pour rentrer dans l'auberge, car il faisait froid. En la voyant disparaître, Paolo se sentit submergé par une forme de tristesse qu'il n'avait jamais éprouvée, même en songeant à sa mère morte, là-bas, sous son tas de terre. C'était une tristesse forte et profonde, mais belle aussi, et très intime, très secrète, au cœur de laquelle se trouvait sans doute, pour celui qui aurait la patience de chercher, une vérité importante. Il regarda la cravache qu'il avait gardée tout ce temps à la main. Les mots « cruche », « Chili » ou même « tablo » ne pouvaient exprimer ce qu'il ressentait.

Lorsqu'il se réveilla, Angel constata que Paolo n'était plus dans le lit, et ce fut lui qui se sentit brutalement abandonné. Il ouvrit le robinet du lavabo, s'aspergea la figure, se regarda dans le miroir piqué de rouille accroché au-dessus et se demanda s'il méritait de vivre. Il allait avoir trente-sept ans, l'âge auquel son propre père était mort de la tuberculose. Angel porta la main à sa poitrine. Ne sentait-il pas lui aussi ses poumons le brûler ? Ne serait-ce pas justice qu'il meure à son tour, même si cela ne vengeait pas tous ceux qu'il avait tués ? La tuberculose était une belle cochonnerie. Il avait cinq ans quand son père se tordait de douleur avant de cracher un sang noir, et il s'en souvenait encore. Depuis toujours, il avait vécu avec l'odeur du sang.

Pendant qu'il dormait, Paolo était parti. Avec Luis ? Avec Luis et Délia ? Si tel était le cas, il s'arrangerait pour mourir dès aujourd'hui, car alors la vie n'aurait plus rien de supportable.

Il se sécha la figure avec le revers de sa manche et sortit de la chambre. Dans le couloir, personne. Mais il entendait des chuchotements et des rires. Il toqua à la porte de Luis.

– Qui est-ce ?

– Angel !

– Minute !

Des bruits étouffés, des pas ; Luis apparut, les cheveux en bataille, dans l'encadrement de la porte.

– Où est Paolo ? demanda Angel.

– Je ne sais pas.

– Je l'ai vu avec les bêtes sous l'auvent ! dit alors la voix de Délia derrière Luis.

Angel regarda Luis au fond des yeux. Puis, contre toute attente, il sourit. Luis ne comprit pas le sens de ce sourire ; mais pour Angel, c'était une belle, belle journée qui commençait. Une journée de plus gagnée sur la mort, avec Paolo qui l'attendait sous l'auvent. Peu importait que Luis ait passé la nuit avec Délia, peu importait le bonheur des autres.

– Donne-moi un billet, demanda-t-il. Je vais emmener le petit au port et lui offrir un bon repas.

Luis hocha la tête, repoussa la porte, puis revint en tendant deux billets à Angel.

– Tu peux t'offrir un repas, toi aussi. Moi, j'achète des tableaux.

Il lui fit un clin d'œil.

– Merci, dit Angel.

Il pivota sur ses talons et descendit en faisant craquer les marches de l'escalier. Il ne se sentait plus du tout jaloux. Délia pouvait bien faire ce qu'elle voulait, et Luis pouvait monter tout un musée, il s'en fichait ! Paolo ne l'avait pas abandonné ! Il s'était seulement levé tôt.

Mais, sous l'auvent, Paolo n'était plus là, et l'âne avait disparu. Angel suivit les traces de ses sabots dans la boue de la cour. Il eut l'impression qu'on lui enfonçait un couteau dans le ventre. Paolo ! Parti ! Tout seul ! Que s'était-il passé ? Quelle idée folle avait pu lui traverser l'esprit ? Il se précipita vers le cheval, le traîna par la bride, puis se mit en selle et partit au galop. Les sabots de l'âne avaient laissé des traces de boue sur le bitume, mais pas suffisamment loin pour le mener dans une direction précise. Sans réfléchir, Angel piqua droit vers le port. Il commençait à connaître Paolo. C'était là-bas qu'il devait le chercher, à l'endroit où les chalutiers partent et reviennent, à l'endroit où les peintres les peignent.

Chapitre 13

Certaines choses se produisent quand on regarde longtemps la mer. Le ciel, par une nuit claire et sans nuage, peut avoir le même effet, mais il faut se concentrer de longues minutes sur les étoiles, se représenter les soleils, les planètes, leur rondeur, et cela demande beaucoup d'imagination. Avec la mer, l'immensité est là, devant soi, tangible. Et alors, certaines choses se produisent.

Paolo n'était pas sur le port, contrairement à ce qu'avait pensé Angel. Il avait pris une sortie à l'est de la ville, un chemin de caillasse qui lui rappelait celui de sa maison. Mais celui-ci ne donnait pas sur l'étendue venteuse et désertique. Il s'achevait au sommet des falaises plongeant dans le bras de mer que l'on nomme Détroit de Magellan.

L'âne était fatigué. Paolo coinça la bride dans l'anfractuosité d'un rocher. Le cœur tourmenté par mille sentiments étranges, il s'approcha du bord du précipice et se mit à contempler la mer.

Peu à peu, à force d'observer les vagues, l'écume, les oiseaux qui volent contre le vent, il oublia son corps. C'était comme s'il s'était libéré de l'attraction terrestre. Il croyait voler ou flotter entre le ciel et la terre, pas plus lourd qu'un flocon de neige. Il sentait presque les ondulations des masses d'eau, des courants, et lorsqu'il baissait la tête il avait l'impression de venir se fracasser contre les rochers ; il devenait une vague. Ses mains, posées à plat dans la mousse, le gardaient en contact avec la planète. Sans jamais avoir étudié ni la géographie, ni la géologie, ni l'astronomie, il se représentait clairement sa situation dans l'univers. Il avait l'impression de comprendre tout, comme si le voile était tombé et que la vérité éclatait enfin au grand jour.

Il revoyait sa naissance, le chemin étroit qu'il avait dû se frayer dans les entrailles de sa mère. À chaque aspiration, c'était comme s'il goûtait l'air pour la première fois. Il s'entendait encore pousser son cri de nouveau-né, et ce cri répondait à tous les autres cris poussés depuis le début des temps, par toutes les générations d'hommes.

Qu'étaient devenus tous ces millions de bébés ? Certains étaient morts, d'autres avaient grandi. Parmi eux, il y avait eu des miséreux, des rois, des navigateurs et des laboureurs ; certains avaient mené des combats, debout avec leurs épées de conquistadores, d'autres avaient tremblé de peur, à genoux dans la terre et la cendre de leurs maisons, priant le ciel comme des fous ou comme des poètes blessés. Toute cette humanité grouillait en Paolo avant de s'effacer devant cette évidence triste qui lui brisait le cœur : il lui manquait l'amour d'une mère.

Il pleura, tout seul face à la mer.

Il pleura longtemps.

Et il pleura encore.

Le vent séchait ses larmes au fur et à mesure. Des sillons blancs zébraient sa peau. Ce n'était pas tant la mort de sa mère qui le faisait pleurer ; mais avant, lorsqu'elle était vivante, lui avait-elle jamais embrassé la joue ? Pas qu'il s'en souvienne. Avait-il jamais ressenti près d'elle cette chaleur qui l'avait envahi quand Délia l'avait enlacé ? Pas qu'il s'en souvienne. Comment avait-il pu vivre sans cela ?

Derrière lui, l'âne grogna.

Paolo cracha dans la mer.

Chapitre 14

Les sabots du cheval martelaient le bitume, ses naseaux tremblaient ; et Angel, dressé sur les étriers, criait le nom de Paolo. Il ne voyait plus rien d'autre que des taches de couleurs, comme sur le tableau de Délia, et des silhouettes aux contours imprécis qui fuyaient devant lui.

– Cavalier fou ! Cavalier fou ! hurlaient les gens.

Angel et son cheval fendaient la foule, s'élançaient vers les bateaux, sautaient par-dessus les amarres tendues, les piles de tonneaux, les groupes de pêcheurs à la ligne et les casiers de poissons. On ne savait plus qui, de l'homme ou du cheval, hennissait. Ils avaient l'un et l'autre des yeux de fièvre.

– Appelez la police ! cria une femme.

– Et l'hôpital psychiatrique, ajouta une autre.

Au gré des soubresauts du cheval, les pans du manteau d'Angel volaient et ondulaient autour de lui. On aurait dit un spectre sorti du néant, une créature de douleur égarée dans un monde qui n'était pas le sien.

Enfin, l'apparition arriva au bout des quais. Le cheval se cabra devant la mer. De nouveau, l'homme cria un nom. Paolo ! Derrière lui, le port se relevait, ahuri. Jamais on n'avait assisté à pareil spectacle. Il fallait alerter les autorités.

Mais pendant que les lignes téléphoniques s'ébranlaient, l'homme fou, qui sans doute n'avait pas trouvé ce qu'il cherchait, disparut. Quand la police arriva au port, il n'y était plus. Plusieurs badauds donnèrent son signalement : les témoignages concordaient, et il serait facile de dresser son portrait-robot. Cet homme avait-il dégradé quelque chose ? Oui. Il avait renversé des piles de casiers vides et écrasé des poissons morts. Cet homme avait-il brutalisé quelqu'un ? Oui ! Il avait provoqué la chute d'un pêcheur effrayé dans les eaux sales et froides du port. Bien. On chercherait cet homme pour l'interroger, et l'on verrait. Par mesure de précaution, on consulterait les fichiers de police des autres provinces et l'on communiquerait son signalement jusqu'à Santiago.

Angel était reparti au grand galop sur son cheval, les yeux brouillés de larmes. Instinctivement, il suivait la côte, d'abord par les routes goudronnées, puis par les chemins sauvages où le vent courbe les herbes. Tout en galopant, les poumons pleins de feu, il continuait de crier le nom de Paolo. Et si l'enfant s'était fait entraîner par des malveillants ? Par des marchands d'esclaves ? Et s'il avait glissé ? Et s'il s'était noyé ?

– Paolooo ! Paolooo !

Soudain, Angel aperçut l'âne, qui broutait au bord de la falaise. Il tira sur la bride de son cheval pour ralentir sa course. Son cœur s'était arrêté net. De là, l'enfant n'était pas visible. Au pas, au pas, doucement, c'est bien... Il s'agissait de ne pas l'effrayer.

Alors qu'il contournait un buisson d'épineux, il vit la petite silhouette de Paolo, juste derrière l'âne. Le cœur d'Angel se remit à battre. Mais que fabriquait-il tout seul, assis au bord ? Angel descendit de cheval, et, silencieux comme un serpent, il s'avança vers l'enfant. Le vent sifflait à ses oreilles. Le froid mordait. La mer gigantesque s'étalait devant, et la falaise tanguait comme un bateau en détresse.

– Paolo..., murmura Angel.

L'enfant regarda par-dessus son épaule. Deux ou trois mètres les séparaient encore.

– Je vais sauter, dit-il.

Angel retint un cri. Déjà, des petits cailloux s'effritaient sous les doigts de l'enfant en pleurs. Il suffisait d'un rien pour qu'il bascule dans le vide.

– Pourquoi veux-tu sauter ? demanda Angel.

– Pour mourir.

– Pourquoi veux-tu mourir ?

Paolo ne répondit pas et tourna la tête vers la mer. Angel fit un pas en avant, comme quelqu'un qui joue à « 1, 2, 3... Soleil », puis se figea, sentant la fragilité du fil qui reliait encore l'enfant à la terre, à la vie.

– Je peux venir à côté de toi ? demanda-t-il.

– Non. Tu vas m'empêcher.

– Pourquoi je t'en empêcherais ?

Paolo regarda Angel.

– À ton avis, reprit Angel, pourquoi je t'en empêcherais ?

– Parce que...

L'âne bougea les oreilles.

– Parce que tu fais tout pour me contrarier, finit par dire Paolo.

– Ce n'est pas la vraie raison.

– Ah oui ? Alors pourquoi as-tu tué mes parents ? Pourquoi es-tu venu dans ma maison ? Pourquoi m'as-tu offert un renard ?

Angel se dépêcha de réfléchir.

– J'ai fait tout ça, c'est vrai, dit-il. Pourquoi ? Parce que je suis maladroit.

Un sourire presque invisible fit frémir les lèvres de l'enfant.

– Très maladroit, admit-il.

Puis il se rembrunit :

– Je vais sauter maintenant.

– Attends. Je n'ai pas fini de parler.

Le cheval souffla par ses naseaux. Des oiseaux crièrent dans le ciel, au-dessus d'eux. Entre deux nuages déchirés, et bien qu'il fasse grand jour, on apercevait la Lune.

– Luis m'a donné deux billets, dit Angel. Un pour toi, un pour moi. Je voudrais t'offrir un bon repas en ville.

– Je n'ai pas faim.

– Après, nous pourrions regarder les boutiques, les bateaux, rêver à quelque chose, à une autre vie.

– Je n'ai p...

– Attends ! l'interrompit Angel. Voilà ce que je veux te dire. C'est la vraie raison. Je t'ai cherché sur le port, j'ai crié ton nom partout dans la ville. Tu sais pourquoi ?

Paolo crispa ses doigts et sentit des cailloux minuscules rentrer sous ses ongles.

– Parce que tu m'aimes ? demanda-t-il.

– Oui.

Tout en parlant, Angel avait fini par s'approcher. Il ne restait qu'un mètre entre eux maintenant. Il voyait les yeux rouges de Paolo, ses joues où des traînées blanches dessinaient des méandres, des embouchures de fleuves, un immense delta.

– Tu m'aimes vraiment ? demanda l'enfant.

– Vraiment.

Angel le vit donner une impulsion avec ses jambes contre la paroi. Il vit ses fesses se soulever et son corps basculer en avant, découpé sur le bleu pâle du ciel. Il poussa un cri bref et se jeta en avant, mains tendues.

Il y eut un fouillis de doigts, de tissus, de gestes, de cailloux, de souffles, de cris. Angel avait refermé ses bras sur le torse maigre de Paolo. Il tenait bon. Toute sa force d'homme était concentrée dans ses bras. Il rampa en arrière, loin, loin du bord, l'enfant se débattant contre lui. Quand le danger fut écarté, Angel plaqua les épaules de Paolo contre la terre. Leurs yeux se croisèrent.

– Mais tu ne seras jamais ma mère..., chuchota Paolo.

– C'est vrai, répondit Angel.

Il s'assit par terre, souleva le corps de l'enfant, l'enveloppa de ses bras et le berça doucement. Sans s'en rendre compte, il se mit à chanter. Quelle chanson était-ce, qui remontait sur ses lèvres depuis les tréfonds de sa mémoire ? Sa propre mère la lui avait-elle chantée un jour, lorsqu'il était si petit qu'il ne comprenait pas qu'elle était en train de mourir ? Ou bien l'avait-il volée, cette chanson ? Entendue un jour par une fenêtre ouverte, et volée comme tout le reste ? Peu importait. Il chantait pour Paolo avec la sincérité de ceux qui n'ont jamais chanté auparavant et dont la voix s'élève soudain, par nécessité, sans se soucier d'autre chose que de réconforter.

– Je ne suis qu'un assassin, souffla-t-il, mais il y a une chose que je sais... Quand on est triste, et qu'on a la chance d'avoir une épaule pour pleurer dessus, il ne faut pas hésiter.

Il resserra son étreinte.

– Pleure, ajouta-t-il.

Et tandis qu'il pleurait, Paolo sentait le bonbon porte-bonheur, coincé dans un pli de la poche de son pantalon, lui rentrer dans la cuisse, comme pour lui prouver qu'il était bien vivant.

Chapitre 15

Ils revinrent à l'auberge dans les dernières lueurs du jour, le ventre plein, les mains gelées, les yeux brillants et le cœur sensible comme une parcelle de peau irritée. Dans la grande salle, les tables étaient dressées : nappes à carreaux usées et tachées, assiettes creuses pour la soupe, pichets de rouge. Indifférents à l'odeur d'oignon cuit qui envahissait la pièce, Délia et Luis se bécotaient près de la cheminée, les mains jointes.

– Je commençais à m'inquiéter pour vous, lança Luis.

– Je vois ça, dit Angel en ôtant son manteau.

– Viens par ici, Paolo ! demanda Luis.

Le petit s'approcha timidement du feu. Il n'osait pas regarder Délia, de peur d'apercevoir dans ses yeux les éclats de cet amour particulier qui est le secret des adultes et qui laisse les enfants à l'écart. Il craignait que cela n'abîme le souvenir de la caresse et du baiser matinal, presque maternel, qui l'avait tant bouleversé.

– Angel s'est-il bien occupé de toi ?

– Oui.

– Tu as vu les bateaux ?

– Oui. B...A...T..O.

Un grand sourire inonda le visage de Luis :

– C'est très bien, vraiment très bien !

Délia pouffa dans sa main. Paolo faillit la regarder, mais il se retint.

– « Bateau » ne s'écrit pas tout à fait comme ça, expliqua Luis, mais on s'en moque. L'essentiel, c'est que j'ai compris ce que tu voulais dire, non ? Buvons quelque chose !

Délia se leva pour aller chercher des verres et une bouteille de vin dans la cuisine, et Luis en profita pour prendre Paolo sur ses genoux :

– Demain, c'est le grand jour. Nous irons à la foire très tôt. Il fera encore noir. Tu verras, les meilleures bêtes seront vendues avant midi.

Paolo descendit des genoux de Luis en entendant Délia revenir. Qu'allait-il se passer après la foire ? Délia viendrait-elle habiter avec eux dans la maison perdue ? Il faudrait alors acheter un autre cheval, et se serrer un peu plus pour dormir.

Ils prirent place tous les quatre autour d'une table et firent couler le vin dans les verres. Même Paolo eut le droit d'en boire. Il se détendit peu à peu. Son corps était réchauffé maintenant. Il se laissait aller contre la poitrine d'Angel qui, ce soir-là, n'arborait pas son habituelle mine renfrognée. L'assassin riait et trinquait, joyeux, serein comme un homme de bien. L'aubergiste se joignit à eux et raconta des histoires d'aubergiste. Depuis trente ans qu'il tenait boutique à Punta Arenas, il avait vu défiler de sacrés bougres, leur confia-t-il. D'ici partaient les expéditions des aventuriers : navigateurs, à voiles ou à rames, dingos de toutes sortes, parachutistes, adeptes du ski nautique, tous fascinés par cet extrême sud du globe, risquant leur vie et leurs économies dans la réalisation incertaine de leurs rêves.

L'aubergiste s'animait et mordillait sa pipe. L'odeur d'oignon devenait plus forte à mesure que l'heure avançait et que la soupe finissait de cuire. L'homme racontait comment les aventuriers se perdaient parfois et comment Délia aidait alors la police en traçant leurs portraits au crayon gras pour lancer des avis de recherche. Cette collaboration mettait du beurre dans les épinards ; mais, bien entendu, on ne souhaitait jamais la disparition des aventuriers. D'ailleurs, grâce à Délia, certains avaient pu être retrouvés. Alors tout le monde était content.

Tout engourdi de bien-être, Paolo s'endormait sur sa chaise. Il frissonnait de temps en temps en se rappelant qu'il avait failli mourir le matin même. Il avait fait promettre à Angel de n'en parler à personne. Les mots qu'ils s'étaient dits au bord de la falaise, ainsi que leurs gestes, resteraient enterrés en eux-mêmes pour toujours. Comme l'étaient les parents Poloverdo et le renard. En faisant la promesse, Angel avait souri : cela commençait à faire beaucoup de liens entre eux deux, tous ces secrets. N'était-ce pas à cela qu'on reconnaissait, si ce n'est un père et son fils, au moins... des amis ?

Le lendemain matin, Paolo fut tiré du sommeil par les mains d'Angel, fraîches et larges sur son front. C'était l'heure de descendre en ville, à la halle aux bestiaux.

– Rassemble tes affaires, recommanda Angel. Nous ne reviendrons pas à l'auberge.

– On partira tout de suite après ?

– Oui.

– Avec nos moutons et notre vache ?

– Sûr !

– Et Luis ?

Angel haussa les épaules.

– Et Délia ?

– Habille-toi vite, s'il te plaît.

L'enfant obéit. Il enveloppa le tableau de Délia dans la cape de pluie qu'Angel avait emportée, s'assura que le bonbon était toujours à sa place et se tint prêt sur le seuil. Derrière lui, dans le silence de l'auberge, Angel rangeait la chambre. Il passa un coup d'éponge dans le lavabo, tira soigneusement les draps et les couvertures. Sans savoir pourquoi, Paolo avait le sentiment de vivre un moment important de sa vie, là, dans ce silence particulier troublé seulement par le froufrou des draps secoués, et dans l'odeur d'oignon qui restait de la veille. Plus tard, lorsqu'il attendrait quelque chose avec impatience, ce serait toujours ce froissement et cette odeur qui lui reviendraient en mémoire.

Luis et Délia sortirent à leur tour dans le couloir sur la pointe des pieds. Ils avaient des mines chiffonnées, sans doute parce qu'ils avaient peu dormi. En bas, dans la grande salle vide, tous les quatre burent du lait chaud, puis ils fermèrent leurs cols.

– Allons-y, murmura Angel.

Ils quittèrent la cour boueuse, passèrent le porche et descendirent à pied vers la halle en tirant sur la bride des bêtes, sans un regard d'adieu pour le toit pentu et les fenêtres sales. Paolo avait pourtant conscience d'abandonner quelque chose en quittant cet endroit, mais il fit comme les adultes fiers, et il ne se retourna pas. Délia avait emporté son matériel de peinture ainsi qu'un gros sac qui prenait presque toute la place sur le dos de l'âne.

Chapitre 16

Sous la halle, il y avait foule. Des fermiers argentins, venus de la Patagonie toute proche, avec leurs moutons, leurs vaches, leurs chiens, leurs femmes et leurs enfants, s'étaient installés là comme dans un campement de réfugiés. Autour des braseros, on se chauffait les mains, on buvait du café fort et, déjà, on discutait les prix. Dans les tas de paille, les plus jeunes dormaient encore, roulés en boule, serrés les uns contre les autres, sous le regard fixe des femmes qui veillaient sur ce petit monde avec leurs visages de cire qui les faisaient ressembler à des statues.

D'autres fermiers, moins fortunés, vendaient leurs bêtes autour de la halle. Malgré les barrières et les remontrances des organisateurs, c'était une vraie pagaille.

Après avoir attaché l'âne et le cheval dans des boxes provisoires à l'extrémité de la rue, Angel et Paolo se faufilèrent jusqu'à la halle, laissant Luis et Délia derrière eux. Il était convenu qu'ils se retrouveraient plus tard pour s'échanger les premières impressions et envisager les achats.

– Dix moutons et une vache, rappela Paolo.

– Oui, oui..., marmonna Luis, on verra.

Paolo tenait la main d'Angel. Dans l'effervescence qui montait et les cris des marchands, il avançait, petit somnambule, comme à travers un rêve. Voilà donc à quoi ressemblait une foire ! Mi-émerveillé, mi-effrayé, il se dressait sur la pointe des pieds pour apercevoir les taureaux. Il était habitué à des animaux plus petits. Ces monstres de muscles le laissaient sans voix.

– Tu aimerais qu'on achète un taureau ? demanda Angel en le soulevant dans ses bras.

Paolo grimpa sur ses épaules. Vue d'en haut, la foire ressemblait à la mer. Des centaines d'hommes et de bêtes ondulaient dans la pénombre, où l'on voyait se dessiner des courants, des houles qui s'échouaient contre les murs en tôles. Les chiens aboyaient, les vaches meuglaient, les moutons bêlaient, les marchands criaient et claquaient dans les mains des acheteurs ; tout cela produisait un vacarme bon enfant et festif.

Sur les deux billets que Luis lui avait donnés la veille, Angel avait récupéré quelques pièces qui tintaient dans sa poche lorsqu'il marchait.

– Veux-tu une galette ? demanda-t-il à Paolo.

Ils se glissèrent jusqu'à l'étal d'une grosse femme emmitouflée dans son poncho qui faisait cuire des ronds de pâte dans un poêlon défoncé. Autour d'elle, l'odeur de l'huile chaude se mêlait à celle de la paille mouillée. Paolo reçut la galette au creux de ses mains et la mangea en se brûlant la langue, ce qui fit rire Angel.

– Maintenant, allons voir les moutons de plus près.

Ils s'arrêtèrent devant un enclos où se bousculaient des bêtes grasses et propres. Au fond, le vendeur parlementait déjà avec deux fermiers. Paolo s'accrocha à la barrière, se hissa dessus et tendit la main pour caresser une brebis tandis qu'Angel s'approchait du marchand. En le voyant venir, les trois hommes s'écartèrent et cessèrent leur discussion.

– Combien par tête ? demanda Angel.

– Ça dépend, fit le vendeur.

– Nous en voulons dix.

– Seulement ?

– Notre ferme est petite, s'excusa Angel

À cet instant, Paolo l'appela.

– Je veux cette brebis ! cria-t-il. Regarde, on est déjà amis !

Ravi, l'enfant fourrageait à pleines mains dans la toison de la bête, qui se laissait faire. Angel se tourna de nouveau vers le vendeur. À ses côtés, les deux fermiers fronçaient leurs sourcils épais, l'air soupçonneux. Angel sentit quelque chose bouger dans son ventre, et sa gorge se serra brusquement. Ce qu'il lisait dans les yeux de ces hommes ne lui plaisait pas.

– Eh bien, dit-il d'une voix sourde, nous reviendrons plus tard.

Il se dépêcha d'aller chercher Paolo :

– Viens.

– Mais... ma brebis ?

– Pas maintenant.

– Pourquoi ?

– Il faut en parler à Luis, expliqua Angel. Viens vite.

Il attrapa Paolo par la main et le tira vers lui avant de s'enfoncer dans la foule, le cœur affolé. Instinctivement, il rabattit sa capuche sur la tête. Une peur ancienne était remontée en lui, comme un cadavre de noyé à la surface d'un étang. Ces regards ! Ces hommes ! Combien de fois avait-il surpris cet éclair du soupçon dans le regard d'autrui ? Des dizaines de fois ! Mais cela ne s'était plus reproduit depuis longtemps, depuis qu'il était arrivé dans la maison perdue.

– Pourquoi tu cours ? demanda Paolo. Où on va ?

Sans s'en rendre compte, Angel traversait la foule à vive allure. Ils se retrouvèrent sur une place, à l'arrière de la halle. Le jour s'était levé. Le ciel, dégagé, resplendissait au-dessus des toits, promettant une belle journée.

– Oh ! s'exclama Paolo. La banque !

En effet, la façade de l'établissement se dressait là, devant eux. Le jour de leur arrivée, Angel n'avait pas remarqué la halle, puisqu'elle était vide et silencieuse. Ils s'avança vers les quelques personnes qui attendaient l'ouverture en tapant des pieds. Et parmi celles-là, Angel reconnut Luis, et Délia, qui transportait son gros sac sur son dos.

– Vous êtes là ? s'étonna Luis.

Il avait l'air contrarié.

– J'ai vu une brebis ! s'enthousiasma Paolo. On est amis. Je suis sûr que tu l'aimeras aussi !

Ses yeux s'arrêtèrent sur le visage blême de Luis, et il comprit qu'il se passait quelque chose d'anormal. Paolo ne savait pas quoi, mais il songea que Luis avait peur. Que pouvait-il craindre un jour comme aujourd'hui, si joyeux, si magnifique ?

– Pourquoi vas-tu à la banque ? demanda Angel.

– J'ai... enfin... il faut que je..., bredouilla Luis.

Délia le saisit par le bras, et c'est elle qui termina sa phrase :

– Il faut qu'on retire plus d'argent. Luis n'en n'aura pas assez pour acheter dix moutons.

– Je n'avais pas compté avec l'achat du tableau, et puis les deux billets d'hier..., se justifia Luis.

Angel restait silencieux. Sa capuche, en retombant mollement sur ses yeux, projetait une ombre inquiétante sur le haut de son visage.

– Je peux venir avec toi ? demanda Paolo à Luis.

Il mourait d'envie d'entrer de nouveau dans ce lieu magique. Il voulait sentir de nouveau la moquette sous ses semelles, et voir la fontaine à eau, la pendule à quartz, toutes les jolies choses.

– Tu sais, j'en ai seulement pour une seconde. Délia va m'accompagner. On n'a pas besoin d'être trente-six au guichet. Tu vas nous encombrer.

Paolo ouvrit la bouche pour protester. Il voulait rappeler à Luis combien cela faisait respectable d'entrer à la banque avec un enfant. C'est ce qu'il avait dit, l'autre jour ! Qu'y avait-il de différent, maintenant ? Paolo regarda Délia. Bien sûr, la différence était là... Mais, soudain, Angel le poussa dans le dos et lui fit faire un pas vers Luis.

– Le petit a envie de venir, dit-il.

– Ce n'est pas la peine, répéta Luis.

Juste à ce moment-là, les portes de la banque s'ouvrirent, et Paolo entrevit la dame aux cheveux gris qui accueillait les premiers clients avec son sourire jovial. Et si elle lui offrait un autre bonbon ? Cela lui ferait deux porte-bonheur !

– Prends le petit avec toi, ordonna Angel.

Avec un soupir résigné, Luis tendit la main à Paolo.

Dès l'entrée, la chaleur du chauffage lui souffla au visage. Il sourit. Depuis l'avant-veille, rien n'avait changé dans la banque. Il y régnait toujours ce calme apaisant, cette ambiance feutrée qui donnait l'impression de se trouver dans une bulle.

Dans la file d'attente, Luis et Délia se chuchotaient des secrets. Aux comptoirs, d'autres personnes parlaient à voix basse, et il naissait de ces conciliabules un bruissement agréable, proche de celui du vent dans les feuillages. Paolo tira Luis par la manche :

– Tu crois que j'ai le droit de prendre un verre d'eau ?

– Va, dit Luis.

L'enfant s'approcha lentement de la fontaine. Il contempla un moment les gobelets empilés, le robinet, et remarqua une pédale au bas de la machine. S'enhardissant, il saisit un gobelet et appuya sur la pédale avec son pied droit. Un filet d'eau claire coula du robinet. Paolo mit le gobelet dessous et attendit, émerveillé, qu'il soit plein à ras-bord pour lâcher la pédale. Avec précaution, il porta le gobelet à ses lèvres. Il recommença l'opération plusieurs fois avec un plaisir grandissant.

Là-bas, dans sa maison du bout de la terre, l'eau était rationnée. Lorsqu'on voyait le fond de la cruche, on hésitait à se servir de nouveau, car cela signifiait qu'on allait devoir sortir dans le vent, le froid, la pluie, et qu'il faudrait marcher jusqu'au puits et tirer sur la corde qui faisait mal aux doigts. Ici, il suffisait d'appuyer sur la pédale, et l'on pouvait boire à s'en faire éclater l'estomac.

– Tu devrais arrêter, petit, dit un homme en passant près de Paolo. Cette fontaine n'est pas un jouet.

Paolo rougit. Il se dépêcha de poser le gobelet pour rejoindre Luis et Délia. Ils étaient tous deux accoudés au comptoir, penchés en avant. Paolo tira sur la manche de Luis.

– Quoi encore ? demanda-t-il avec humeur.

– Tu crois que j'aurai droit à un autre bonbon ?

Luis haussa les épaules et se retourna. Penaud, Paolo se glissa près du comptoir. Il voulait s'assurer que c'était bien la gentille dame aux cheveux gris qui était là, derrière, mais le corps de Luis masquait le visage de la caissière.

Pour quoi faire, une autorisation ? disait-il d'une voix tendue. Je suis pressé, moi !

– Pour les grosses sommes, c'est comme ça, répliquait la caissière. C'est le règlement.

– Très bien ! Appelez le directeur de l'agence ! s'énerva Luis.

Puis il sentit Paolo dans ses jambes et lui jeta un regard furieux :

– Va jouer plus loin !

– La fontaine n'est pas un jouet, répondit Paolo.

– Alors va dehors avec Angel !

Paolo baissa la tête. Il n'aimait pas du tout la façon de parler de Luis, ni sa façon de faire, de regarder, d'être... C'était la faute de Délia ! Depuis qu'il l'avait rencontrée, il était différent. Le cœur lourd, Paolo se dirigea vers la sortie. Cette fois, il n'aurait pas de bonbon. Une tristesse lui serra le cœur. Quand il poussa la porte, ses yeux étaient brouillés de larmes.

– Où est Luis ? demanda Angel.

La gorge bloquée, Paolo ne répondit pas.

– Qu'est-ce que tu as ?

Il s'agenouilla devant lui :

– Tu pleures ? C'est à cause de Luis ?

Paolo hocha la tête.

– Il ne veut plus acheter de moutons, c'est ça ?

Angel toucha du bout des doigts les larmes qui roulaient sur les joues de l'enfant.

– T'en fais pas, je te promets que tu l'auras, ta brebis. D'une façon ou d'une autre, on se débrouillera, je te le jure.

Soudain, il vit le visage de Paolo changer. Le chagrin s'effaçait, laissant place à la surprise. Ses yeux fixaient un point par-dessus son épaule. Angel voulut se retourner pour voir ce qui l'étonnait tant, mais Paolo saisit brutalement son visage entre ses mains.

– Ne bouge pas, souffla-t-il.

Angel sentit son cœur s'arrêter. Encore !

– Qu'est-ce que tu as vu ? dit-il entre ses dents serrées.

– Des hommes, répondit Paolo.

– Que font-ils ?

– Ils sont derrière toi, près de l'entrée de la halle.

– Que font-ils ?

– Ils collent des affiches.

Les mains de Paolo serraient le visage d'Angel comme un étau, lui interdisant tout mouvement, tandis que ses yeux inquiets suivaient les déplacements des colleurs d'affiches.

– Qu'y a-t-il sur les affiches ? demanda Angel.

Au fond, il le savait déjà, mais il voulait que l'enfant le lui dise avec précision.

– Il y a ton portrait, Angel. Ton portrait au crayon gras.

Chapitre 17

L'homme et l'enfant échangèrent un regard. Ils n'eurent pas besoin de mots pour se comprendre. Une fois que les colleurs d'affiches eurent disparu dans la halle, Angel se redressa lentement et, main dans la main, ils remontèrent la rue en direction des boxes.

Sous sa capuche, Angel transpirait à grosses gouttes. Cette sensation de danger l'étouffait. Autrefois, lorsqu'il se savait poursuivi, il se contentait de tout plaquer et de partir. Il agissait comme une bête traquée, sans réfléchir. Dans le fond, c'était une sorte de jeu. Les gendarmes, le voleur... c'était à qui courrait le plus vite. Et s'il avait dû se faire arrêter et finir en prison, qu'est-ce que ça aurait changé, hein ? Vivre seul, dehors ou enfermé dans une cellule, c'était toujours la même souffrance. Mais, cette fois, il ne s'agissait plus de jouer.

Angel sentait la petite main de Paolo dans la sienne, et il savait qu'il ne supporterait pas qu'on lui arrache l'enfant. Dehors, il pourrait continuer à vivre avec lui, tandis que dans une cellule... Il chassa ces pensées de son esprit. Il fallait rester concentré, sur le qui-vive, ne pas penser à ces choses terribles qui lui brisaient le cœur autant que les jambes.

Comme la matinée avançait, le flot des fermiers et des acheteurs augmentait dans les rues adjacentes. Des camions aux roues boueuses stationnaient aux abords du périmètre, déversant leur cargaison de bêtes bêlantes et meuglantes, sous les cris et les sifflement aigus des hommes en poncho. Au milieu de ce bouillonnement humain et animal, Angel et Paolo peinaient à se frayer un chemin ; mais ils savaient aussi que la foule les protégeait et ils se laissaient volontiers ballotter de droite à gauche suivant les flux et les reflux.

Arrivés près des boxes, Angel repéra l'ombre d'un uniforme. Il fit aussitôt demi-tour et entraîna Paolo à l'abri, sous le porche d'une maison.

– Va voir, lui demanda-t-il. Sois prudent.

Paolo se faufila jusqu'aux boxes. Les portraits d'Angel étaient collés sur les montants en bois. Trois policiers veillaient sur l'âne et le cheval. L'enfant reconnut le fermier de la Pampa à qui ils avaient volé le cheval et qui faisait lui aussi le pied de grue devant les boxes. L'alpiniste belge n'était pas là... Peut-être était-il toujours en train de crier, là-bas, dans la plaine déserte, ou bien l'ambassade l'avait-elle renvoyé dans son pays sans montagnes ?

Fluide comme un serpent, Paolo s'éclipsa et revint sous le porche où l'attendait Angel. Ils n'avaient plus de monture, pas d'argent, nulle part dans cette ville où se cacher. Paolo observait le visage d'Angel, ses traits contractés, la lueur froide au fond de ses yeux.

– Tant qu'ils me cherchent sur la foire, nous avons une chance..., murmura-t-il.

Paolo lui donna la main.

– Je ferai ce que tu voudras, dit-il. Mais garde-moi avec toi.

Angel serra doucement cette main et jura à Paolo qu'il ne l'abandonnerait jamais. Paolo était la seule personne au monde à qui Angel pouvait faire des promesses, la seule personne au monde devant qui il pouvait dire des mots aussi improbables que « toujours » ou « jamais ». Il l'entraîna dans la rue, au milieu de la foule, et se mit à descendre la pente qui aboutissait, là-bas, au port.

Un soleil parfait montait dans le ciel limpide. En ce jour de foire, la ville entière était prise de frénésie. Les voitures bouchaient les grandes artères, les chevaux et les piétons se pressaient ensemble sur les trottoirs et, aux abords du port, les cris des mouettes répondaient aux coups de klaxon.

Sur le port, plusieurs chalutiers venaient d'accoster. C'était l'heure de décharger les casiers. Paolo et Angel ne s'attardèrent pas de ce côté-là. Ils traversèrent le plus discrètement possible les quais encombrés et aboutirent enfin au port de tourisme. Là-bas, tout au bout, Angel vit ce qu'il cherchait.

– Tu vois ce gros bateau rouge ?

– Oui, dit Paolo.

– C'est notre chance.

– On va monter dedans ?

– Non, il y a des contrôles.

Sans chercher à comprendre, Paolo continua à trottiner aux côtés d'Angel qui, à grandes enjambées nerveuses, avançait vers le bateau. L'enfant voyait la cuirasse rouge se détacher sur le blanc des falaises à l'arrière. « B…A…T…O. » Luis avait oublié de lui dire comment ce mot s'écrivait vraiment, et il se disait qu'il ne le saurait peut-être jamais. Pourquoi les gens n'allaient-ils pas au bout des choses ? À ce moment, il songeait que seul Angel était capable d'achever la tâche qu'il avait commencée : tuer quelqu'un, c'était une façon d'aller au bout. Et là, tout de suite, il sentait la puissance de l'assassin, sa détermination, son obstination. Paolo avait confiance : si Angel avait juré qu'il ne l'abandonnerait JAMAIS, alors il tiendrait sa promesse. Et peut-être même qu'il arriverait à lui acheter la brebis, mais ça, c'était moins sûr à cause des portraits au crayon gras qui fleurissaient sur toutes les poutres de la halle aux bestiaux.

Près du bateau rouge, il y avait des voyageurs, des sacs, des piles de grosses caisses en métal et des employés de la compagnie maritime qui vérifiaient les titres d'embarquement.

– Attends-moi ici, ordonna Angel. Ne bouge pas.

Paolo resta immobile près des caisses. De là, il ne voyait pas ce que faisait Angel. Son cœur battait à tout rompre.

Angel fonça vers les voyageurs. Comme il s'en était douté, Délia et Luis avaient pris place dans la queue. Dès l'instant où il les avait vus devant la banque, Angel avait compris leur manège.

Ils lui tournaient le dos, l'air tranquille d'un jeune couple partant en voyage de noces. Angel passa sa main sous sa veste. Le couteau était là, toujours à la même place, dans sa poche. La lame alla directement piquer Luis entre les omoplates.

– Pas un mot, chuchota Angel à son oreille. Tu viens avec moi. Et Délia aussi, sinon je te tue.

Rapide, discret, Angel avait l'habitude. Et il avait l'habitude aussi des réactions de ses victimes. Leur corps devenait mou, se couvrait de sueur ; et ensuite, il faisait d'elles ce qu'il voulait.

Délia et Luis quittèrent la file d'attente. Angel les poussa vers les grosses caisses de métal, là où Paolo attendait sagement. Une fois derrière, il appuya un peu plus sur le manche du couteau, et

Luis grimaça de douleur. De son autre main, l'assassin tenait Délia par la nuque, les doigts crispés sur sa lourde chevelure.

– Raconte donc à Paolo, dit Angel. Il sera très surpris d'apprendre ce que tu étais en train de faire.

Paolo regarda Luis dans les yeux, et il n'eut pas besoin de mots pour comprendre.

– Tu vas faire le tour du monde avec Délia ? demanda-t-il pour confirmation.

Luis, tremblant, le souffle coupé, se contenta de bouger la tête de haut en bas.

– Mais... les légumes bizarres ? s'étonna Paolo. Et l'eau qui rend malade ? Et la chaleur qui fait mal à la tête ?

– Il faut bien affronter ses peurs, répondit Luis, le regard noyé de chagrin.

Il ne pouvait pas expliquer à cet enfant si petit, si ignorant, qu'il avait enfin trouvé la force de s'arracher à sa propre enfance et que, s'il ne partait pas maintenant, il ne pourrait jamais devenir un homme. C'était comme ça : cruel et nécessaire.

Paolo tourna la tête vers Délia. Il aurait aimé comprendre comment elle s'y était prise pour décider Luis à partir enfin, et savoir de quel artifice elle avait usé. Il y renonça, devinant qu'il y avait là-dessous des secrets, des histoires d'adultes.

Angel appuya encore, et la lame transperça la chemise de Luis, qui poussa un petit cri.

– Tu as oublié de donner à Paolo l'argent pour acheter les moutons, continua Angel. Ce n'est pas gentil.

– Les moutons et la brebis, précisa Paolo.

Délia s'était mise à pleurer. Angel la secoua.

– Tu dessines bien les portraits, lâcha-t-il, mais je préfère tes paysages.

– Ne nous tue pas ! supplia Délia.

– Si Luis nous donne la moitié de son magot, je vous laisserai embarquer.

Angel avait dit ce qu'il avait à dire. Il ne négocierait pas davantage. Luis s'affaissa encore. En plus de la peur, il sentait la honte lui nouer l'estomac. Le regard de Paolo, candide et plein d'espoir, lui faisait beaucoup plus mal que la lame du couteau entre ses omoplates. Angel le laissa reprendre son souffle, puis ouvrir sa sacoche. Dedans, il y avait un énorme paquet de billets. Tout son héritage. Il en prit la moitié et la tendit à Paolo sans rien dire.

– Merci, dit l'enfant.

Au même moment, la sirène du gros bateau rouge annonça la fin de l'embarquement.

– Dépêchez-vous ! dit Angel en replaçant le couteau dans sa poche. Vous allez rater le tour du monde !

Luis ramassa ses affaires, Délia le prit par le bras, et ils s'enfuirent tous les deux vers la passerelle. Paolo les vit courir dessus, puis disparaître dans le ventre du bateau. Dans sa petite main, les billets tremblaient comme des feuilles de saule.

Chapitre 18

« Comme il est difficile de vivre, se disait Paolo. Et comme tout est compliqué, tordu, torturé, comme les arbres secs et morts de la pampa. »

Tout en marchant, il touchait dans sa poche le bonbon jaune du bout des doigts. En un sens, on pouvait penser qu'il lui avait vraiment porté bonheur, puisque Angel et lui quittaient Punta Arenas libres et riches... Mais, tout de même, il doutait des pouvoirs du bonbon. Le bonheur ne devait pas tout à fait ressembler à une cavale dans la nuit froide au bord d'une falaise qui s'effrite et par-dessus laquelle on risque à tout moment de tomber. Le bonheur, s'il existait, devait plutôt ressembler à la moquette de la banque, au chauffage, à la brebis avec sa toison épaisse. Ce devait être un père, une mère qui sait prendre son fils dans ses bras, des amis qui ne s'en vont pas en douce faire le tour du monde, des femmes qui se contentent de peindre des ports de pêche et qui ne donnent pas des dessins à la police...

Mais, pour l'heure, Paolo devait se satisfaire de ce qu'il avait : les billets volés et Angel. Angel avec son couteau.

– J'ai faim, dit-il.

– Moi aussi.

– J'ai mal aux jambes.

– Tu veux que je te porte ?

– Tu ne pourras pas longtemps. Je suis lourd.

– Tu es léger pour moi.

Angel s'arrêta, souleva Paolo et le passa par-dessus sa tête pour l'asseoir sur ses épaules. La nuit était très claire. Une lune énorme les suivait, faisant office de lampe-torche. Au bas de la falaise, les vagues se fracassaient sans relâche. Cela faisait longtemps qu'ils avaient dépassé l'endroit où Paolo avait voulu sauter.

– Je me demande si l'alpiniste est mort, dit Paolo.

Angel eut un sourire qu'il ne vit pas, mais qu'il entendit. Très peu de temps s'était écoulé depuis leur rencontre avec le Belge, et pourtant ils avaient l'impression d'évoquer une période lointaine, antédiluvienne.

– Luis et Délia...

– Laisse-les où ils sont, ces deux-là. On ne les reverra jamais, et c'est tant mieux.

Angel portait une attention redoublée aux cailloux, aux trous du chemin. Sur ses épaules, l'enfant se balançait doucement ; ils formaient une drôle de bête à deux têtes.

– Tu as déjà été amoureux ? demanda tout à coup Paolo.

– Je crois... Je ne sais pas.

– Est-ce que ça fait mal ?

– Au début non, après oui.

– Mais est-ce que ça peut faire mal aux autres ?

Angel expulsa bruyamment de l'air par les narines, comme un cheval. Il voulait bien marcher toute la nuit avec son fardeau, mais pour répondre à ces questions graves, il lui fallait réfléchir pour éviter de dire n'importe quoi.

– Tu demandes ça parce que Luis t'a fait mal, hein ?

– Un peu.

– Il nous a trahis, déclara Angel.

– Et toi, tu me trahiras aussi ?

– Jamais, Paolo. Jamais.

Paolo garda pour lui les mille autres questions qui le taraudaient. Il devinait qu'il devrait vivre longtemps encore avant de trouver les réponses.

Ils continuèrent d'avancer en silence. Au bout d'un moment, Angel sentit que Paolo s'endormait et qu'il manquait de tomber. Autour d'eux, il n'y avait pas d'abri : que le chemin, les cailloux, la falaise et la plaine. C'était le comble : disposer de tant d'argent, et ne même pas pouvoir s'acheter un peu de repos et de chaleur !

Angel fit descendre l'enfant et le prit dans ses bras. La tête du petit vint se nicher au creux de son épaule. Son corps devint mou. Il se laissa gagner par le sommeil.

Angel marcha ainsi toute la nuit, les yeux exorbités et les muscles raidis par l'effort. Au petit matin, il atteignit les ruines d'une bergerie. Il y entra, déposa Paolo sur un tas de paille, s'adossa contre un pan de mur à moitié effondré et poussa un soupir.

Lorsqu'ils s'éveillèrent, le soleil était déjà haut dans le ciel, à en juger du moins par le halo pâle qui transparaissait à travers la couche nuageuse. Le vent était tombé, il faisait doux. Sans dire un mot, l'homme et l'enfant se remirent en marche, préoccupés chacun par des pensées sombres, s'éloignant de la côte et des falaises pour s'enfoncer dans les terres.

Au bout de deux heures, ils aperçurent vers le nord-est les premiers arbres d'une forêt et, loin derrière, les cimes des montagnes déchiquetées, suspendues dans le ciel, au-dessus des nuages. Il se dégageait de cette forêt d'arbres aux troncs gris, penchés et ébouriffés par la violence des vents, une impression de mort plus que de vie, une impression de cimetière.

En plein jour, les cimetières ne font pas peur, même aux enfants. Ils ressemblent à des jardins, la promenade y est permise parmi les tombes moussues, et la fascination que l'on éprouve à lire les noms des personnes inconnues et enterrées transporte l'imagination dans des contrées singulières. C'est sans doute parce que cette forêt semblait figée comme de la pierre, contrairement à celle dont il avait si peur lorsqu'il allait chasser pour nourrir son renard, que Paolo ne se sentit pas effrayé en y pénétrant.

Angel avançait devant lui et lui signalait de lever les pieds bien haut pour ne pas trébucher sur les racines et les branches tombées à terre. En même temps, il guettait les bruits, à l'affût d'un rongeur, d'une taupe, de n'importe quel petit animal qui pourrait faire office de gibier. Mais dans ce sous-bois clairsemé et sec, la vie ne prenait pas ; et le ciel blanc restait, lui aussi, obstinément vide.

Cependant, à mesure qu'ils s'enfonçaient dans la forêt, ils remarquèrent des changements. Au sol, les mousses cédèrent la place à des fougères, d'abord chétives, puis plus hautes, plus larges. Ils levèrent les yeux : la voûte formée par les arbres s'épaississait peu à peu et maintenait l'humidité prisonnière sous son couvercle inégal. La lumière baissait : ils gagnaient les contreforts des montagnes.

Paolo se dépêcha de rejoindre Angel et fourra sa petite main dans celle de l'assassin pour se donner du courage. Droit devant lui, la forêt s'ouvrait, sombre et inquiétante. Le garçon songea à ce que Luis avait dit à propos des peurs qu'il faut savoir affronter. Si lui-même sortait vivant de cette forêt, peut-être qu'il serait transformé en homme ?

– Tu entends ? chuchota soudain Angel.

Paolo tendit l'oreille :

– Oui.

L'écho lointain des coups d'une hache sur un tronc. Silence. Un vrombissement de moteur. Silence de nouveau, et puis encore les coups de hache. Caché dans les profondeurs, un bûcheron travaillait, et ces sons humains rassuraient un peu Paolo. Il se laissa guider par Angel, le visage caressé par les fougères, les yeux grands ouverts dans la pénombre. Quelques oiseaux se manifestaient dans les hauteurs. On n'apercevait presque plus le ciel.

Ils parvinrent enfin à l'endroit où le bûcheron travaillait. Un arbre fraîchement abattu barrait la route. Ils découvrirent la hache, la tronçonneuse, et une veste accrochée à une branche basse, ainsi qu'une bouteille d'eau et quelques provisions qu'ils regardèrent avec envie sans oser y toucher. Le bûcheron n'était plus là.

– Qu'est-ce qu'on fait ? demanda Paolo.

– On s'assoit, proposa Angel.

Ils se serrèrent sur une souche. Paolo était si fatigué que même sa peur s'en trouvait amoindrie. Il se coucha sur les genoux d'Angel, les yeux tournés vers la voûte des arbres. Il lui sembla alors qu'il n'y avait pas sur toute la terre de meilleure cachette que cet endroit. La police de Punta Arenas, le fermier, l'alpiniste, personne ne pouvait les dénicher ici. C'était comme être au fond d'un trou. Il sentait dans son dos la chaleur du corps d'Angel et sous ses jambes l'épaisseur du bois qui le reliait à quelque chose de très profond, enfoui sous la terre, une chose vivante, forte, indestructible : il s'endormit, et rêva qu'il était un arbre.

Angel entendit bouger les feuillages. Il ne bougea pas d'un cil. Quand le bûcheron jaillit des fougères, celui-ci manqua crier, mais Angel mit son index sur ses lèvres pour lui signifier de ne pas réveiller l'enfant. Le bûcheron esquissa un mouvement de surprise, mais il s'approcha. C'était un vieil homme à la peau ridée et tannée. Les poils de sa barbe dessinaient un lac gelé autour de sa bouche, et ses yeux d'un bleu de myosotis fleurissaient le haut de son visage. Il était à lui seul un résumé des saisons d'ici, l'hiver et l'été entremêlés.

– Nous avons marché longtemps, murmura Angel.

– Voulez-vous de l'eau ?

L'homme alla chercher sa bouteille et la tendit à Angel.

– Je m'appelle Ricardo Murga. Avez-vous un abri pour la nuit ?

Angel secoua la tête, mais il savait déjà qu'il trouverait asile dans la maison de ce bûcheron. Et ce sans même avoir besoin de le tuer.

Chapitre 19

Ricardo Murga avait soixante-quinze ans et vivait seul en bordure de la forêt, au nord. Il avait construit lui-même sa maison, voilà plus de cinquante ans, à l'époque où sa femme allait avoir son premier bébé. Bûcheron et charpentier de métier, il avait choisi cet emplacement isolé pour pouvoir travailler sans jamais trop s'éloigner de sa famille.

– Nous avons eu trois enfants : deux fils et une fille. À chaque nouvelle naissance, j'agrandissais la maison. Maintenant, ils ne sont plus là. Vous verrez, il y a de la place pour vous.

Le jour déclinait quand ils sortirent de la forêt. Paolo suivait les deux hommes dans une semi-hébétude. Son estomac lui faisait mal, tant il avait faim, et il sentait l'acidité de sa salive dans sa bouche.

Ricardo poussa la porte de sa maison. Il recula pour laisser entrer ses invités. La chaleur et le confort de l'intérieur surprenaient : des tapis, des fauteuils de velours, un canapé flanqué de deux petits guéridons, des rideaux aux fenêtres, des bibelots... et le plus incongru, une immense bibliothèque, où les livres s'entassaient au point de tomber des rayonnages. Ce n'était pas du tout comme cela qu'on s'imaginait la maison d'un vieux bûcheron solitaire.

Ricardo alluma deux lampes à gaz ainsi qu'une multitude de petites bougies, qu'il aligna sur la table.

– Ma femme était originaire de Hollande, dit-il avec un sourire. L'intérieur de la maison, c'est elle. En allumant les bougies, il me semble entretenir sa mémoire.

Il disparut dans la pièce voisine et en rapporta une miche de pain, des verres, ainsi qu'un plat qui contenait les restes d'un gigot, autant dire un véritable festin ! Paolo, sans prononcer une seule parole, se jeta sur la nourriture. Ses joues rosirent, ses yeux reprirent leur éclat de marrons neufs, tout son corps fut secoué de frissons de plaisir.

Assis dans un fauteuil, ses bras épousant la forme généreuse des accoudoirs, Ricardo observait ses hôtes avec curiosité, mais il ne posait aucune question. Il avait appris à se taire, à accepter les surprises de la vie comme elles venaient. Un homme et un enfant épuisé surgissaient de la forêt ? Eh bien, c'est qu'ils avaient eu leurs raisons pour arriver jusqu'ici.

– J'aimerais boire du vin avec vous, dit-il à Angel. J'ai dans ma réserve quelques bouteilles rares que je ne me permets pas d'ouvrir juste pour moi.

Alors qu'il se levait pour sortir de la pièce, Paolo sourit et laissa échapper un rot, suivi d'un « merci ! » venant du fond du cœur. Ricardo s'inclina légèrement et dissimula son envie de rire en refermant la porte derrière lui.

– Tu aurais pu te retenir, lui murmura Angel, outré. Nous ne sommes pas chez les sauvages, ici !

Angel semblait particulièrement impressionné par le vieil homme et par son environnement simple et confortable. Son hospitalité déroutait profondément l'assassin qui, pour la première fois depuis longtemps, n'éprouvait aucune animosité vis-à-vis d'un de ses semblables.

Mais Paolo se moquait des réprimandes. Il se lova comme un chat dans les coussins du canapé ; ramenant ses genoux sous son menton, il sentit le petit bonbon dans sa poche. Une fois encore, le porte-bonheur avait fonctionné : comment expliquer, autrement que par la magie, cette rencontre avec un homme aussi bon ?

Ricardo revint et versa dans les verres un vin presque noir.

– J'ai acheté cette bouteille, il y a des années, à un négociant de Valparaíso, dit-il.

– Nous aussi, nous connaissons quelqu'un qui a vécu à Valparaíso ! s'étonna Paolo.

Ricardo sourit et leva son verre. Dans la lueur vacillante des bougies, le vin prenait des reflets pourpres, profonds et soyeux.

– Alors, buvons à Valparaíso.

– À Valparaíso, répéta Angel.

D'autres verres, d'autres paroles... Peu à peu, Paolo glissait dans le sommeil. Il avait l'impression d'être dans un bateau, au milieu d'une mer hostile ; mais à bord du bateau rien ne pouvait lui arriver.

Ricardo expliqua à Angel que l'arbre abattu dans la forêt était le dernier, le dernier de tous, avant sa retraite définitive. Demain, il irait le débiter, puis il le rapporterait, tronçon par tronçon, jusqu'ici.

– Je vends mes planches à des marchands. Ils arrivent avec des camions, ils les chargent, et puis ils repartent. C'est la dernière commande que j'honore.

– À votre dernière commande, dit Angel en levant son verre.

– Et au bois ! ajouta Ricardo. J'ai vécu toute ma vie grâce au bois : j'ai mangé, j'ai été à l'abri de la pluie, je me suis réchauffé... et puis, j'ai lu tous les livres dont les pages sont fabriquées avec les fibres du bois.

La voix de Ricardo Murga réchauffait et apaisait. Il parlait avec la douceur de ceux qui n'ont plus rien à prouver, et chacune de ses paroles semblait receler un secret.

– J'aime les métamorphoses, soupira-t-il en faisant tourner le vin dans son verre. Le bois qui devient livre. L'hiver qui devient printemps. Le raisin qui devient vin.

Il se tourna vers Paolo.

– Et l'enfant qui devient homme, dit-il en hochant la tête.

Paolo, à la limite du sommeil, laissa échapper un soupir :

– C'est vrai, j'ai traversé la forêt. Je n'ai plus peur, maintenant.

– Il y a des métamorphoses très discrètes, poursuivit le vieux bûcheron. Celles qui se passent dans notre âme, par exemple, ne sont pas toujours visibles.

Angel remua dans son fauteuil, soudain mal à l'aise.

– Voulez-vous dire..., commença-t-il, intimidé, voulez-vous dire que les hommes aussi peuvent changer de nature ?

– Je le crois, répondit Ricardo. Et vous ?

– Je ne sais pas, murmura Angel.

Ricardo se leva et alla ouvrir un tiroir au bas de sa bibliothèque. Il en sortit une boîte minuscule, dont il fit sauter le couvercle avec ses pouces. Sans dire un mot, il roula une cigarette avec les brins de tabac qui se trouvaient dedans.

– La forêt produit des millions de variétés de plantes, dit-il en se penchant vers la flamme d'une bougie. Nous ne savons presque rien de la forêt.

Il souffla par les narines une fumée dense, bleutée, très odorante.

– J'ai transformé une de ces plantes en un tabac particulier. C'est une des métamorphoses possibles. Un des mystères qui nous entourent.

Il proposa à Angel de fumer avec lui. Le silence s'installa dans la maison. Paolo s'endormait lentement, dans les effluves bleus de la drôle de plante.

– Les poètes aussi, ajouta Ricardo Murga, savent transformer les choses. Ils posent leurs yeux sur le monde, puis ils l'absorbent comme un breuvage. Quand ils se mettent à parler, alors, plus rien n'est pareil. C'est une forme d'enchantement. Je m'applique chaque jour à regarder le monde avec ces yeux-là. C'est ce qui me sauve.

Dans son demi-sommeil, Paolo murmura :

– Moi aussi, je sais lire...

– Je te prêterai mes livres, lui promit Ricardo.

Entre ses paupières lourdes, Paolo devinait les volumes entassés dans la bibliothèque. Il y en avait tant ! Une vie entière suffirait-elle pour déchiffrer ces millions de mots ? Il ne pouvait croire que cet homme, si vieux soit-il, les ait tous lus. Ou alors, il était un vrai magicien, ce qui était parfaitement possible.

Chapitre 20

Le vin du négociant de Valparaíso, le tabac bleu, alliés à la fatigue des jours de marche et au confort très hollandais du couchage, firent leur effet : Angel dormit du sommeil des pierres. Il se réveilla avec l'impression de renaître, sa tête lourde dans le moelleux de l'oreiller de plumes, ses membres détendus, et il écouta un long moment le rythme calme de son cœur. Cela faisait des années qu'il ne s'était pas senti si jeune, si vigoureux.

Ricardo lui avait donné la chambre de son fils aîné. Celle de sa fille, juste à côté, était revenue à Paolo. Après s'être endormi dans le canapé, l'enfant ne s'était même pas rendu compte qu'Angel le transportait dans le lit aux draps blancs, si propres, si délicatement parfumés qu'on les croyait prêts à recevoir le sommeil d'un prince.

Angel s'étira. La lumière du dehors jouait dans les plis des rideaux tirés, et il lui sembla entendre des voix se répondre à l'extérieur. Il se leva, enfila ses vêtements et sortit de la chambre. Toute la maison embaumait l'odeur du pain chaud et du café. Méritait-il, lui l'assassin, le voleur, de passer, ne serait-ce qu'un moment de plus, dans ce lieu touché par l'enchantement ? N'allait-il pas en souiller la pureté ? Tout en marchant à travers la maison, Angel tentait de se faire discret, léger comme un courant d'air.

Il s'arrêta sur le seuil, interdit.

Là, dehors, dansant sur les brins d'herbe humides de rosée, que les rayons du soleil faisaient scintiller comme des perles, Paolo riait à gorge déployée en compagnie de trois enfants de son âge. Au fond, près du hangar à bois, Ricardo prenait le soleil, les mains dans les poches. Un instant, il avait délaissé son tracteur pour les regarder. Angel passa une main sur son visage et s'avança vers la ronde des enfants. Qui étaient-ils ? D'où sortaient-ils ? Comment, par quel moyen de transp...

– Ne les dérangez pas, dit Ricardo en posant soudain sa main de bûcheron sur le bras d'Angel. Ils s'amusent tant !

Angel fixa l'homme droit dans les pupilles, cherchant à y déceler des réponses à ses questions.

– Venez, proposa Ricardo. Un petit déjeuner vous attend à l'intérieur.

Sans résister, Angel le suivit dans la maison. Dans son dos, les rires des enfants fusaient, si cristallins, si gais...

Dans la salle, sur la table basse près du canapé, Ricardo remplit de café les tasses en porcelaine laquée et en tendit une à Angel qui, hébété, ouvrait la bouche, mais n'était plus en mesure de parler.

– N'essayez pas, lui recommanda Ricardo. S'il y a une chose que la vie m'a apprise, c'est accepter le bonheur, même le plus fou, le plus impensable qui soit. Acceptez le bonheur et faites silence. Toutes les questions que vous vous posez sont vaines... Vous les avez vus, tout autant que moi, n'est-ce pas ? Et tout autant que votre fils, qui les a pris par la main pour faire la ronde, vous pourriez attester leur réalité. Cela me suffit. Depuis presque quarante ans, ils reviennent me voir chaque matin. Tous les trois.

Angel avala une gorgée de café. Il voulait protester, crier que ça n'était pas possible, que les morts sont morts ! Il ne dit rien.

– Tous les matins, depuis quarante ans, mon cœur se gonfle de joie. Vous comprenez, Monsieur ? demanda Ricardo.

Angel hocha la tête.

– Juste avant que je m'en aille dans la forêt pour abattre les arbres, ils viennent me saluer et jouer sous mes fenêtres, comme autrefois. Sans leurs visites, je n'aurais pas eu le courage de continuer. Ni de travailler, ni de vivre. Ma femme revient aussi, parfois, le soir. Il me semble que ses visites coïncident avec la récolte du tabac bleu. Je la vois entrer, son bonnet de coton sur la tête. C'est un moment extraordinaire.

Ricardo fit glisser sur la table une panière argentée, dans laquelle il avait disposé des tranches de pain grillé. Angel en saisit délicatement une entre ses doigts.

– Joana n'avait que huit ans, continua Ricardo. Dimitri venait de fêter ses dix ans, et Sven, mon fils aîné, celui dans la chambre duquel vous avez dormi, allait sur ses treize ans. Un jour du temps passé, ils sont partis avec leur mère vers le nord. Des membres de notre famille organisaient une fête pour la fin de la moisson, une très grande fête durant laquelle on allait battre le blé, boire et manger, chanter, danser… J'avais du travail à terminer dans la forêt, et je devais les rejoindre plus tard. Lorsqu'ils sont partis – je m'en souviens si bien ! – ils m'envoyaient des baisers avec leurs mains, et ma femme faisait claquer le fouet au-dessus de la tête de la jument qui tirait la carriole. « À bientôt, papa ! Rejoins-nous vite ! »

Il reprit son souffle, et Angel, figé sur le canapé, aperçut les larmes qui noyaient les yeux myosotis du vieux bûcheron.

– Ils ne sont jamais arrivés à la ferme où l'on donnait la fête. Que s'est-il passé ? Je ne le sais pas précisément. Sur le chemin, ils ont dû croiser quelqu'un. Cette personne, dont je ne connaîtrai jamais le nom, les a détroussés. Et puis, elle les a tués. Tous les quatre. Comme ça. C'est moi qui les ai découverts, le lendemain, alors que je prenais à mon tour le chemin de la fête et que j'éperonnais mon cheval pour qu'il aille plus vite.

Le silence retomba. Angel tremblait. Dans sa tasse de porcelaine, le café menaçait de verser. Il fit un effort pour la reposer sur la table.

– Maintenant, si vous voulez bien m'excuser…, murmura Ricardo en se levant.

Il se dirigea vers la porte. Au passage, il attrapa

son chapeau suspendu à une patère et s'en couvrit la tête.

– Je dois m'occuper de mon dernier arbre, dit-il.

Angel resta immobile un long moment, traversé par les pensées les plus violentes, les plus douloureuses et les plus étranges qui soient pour un assassin. Au bout d'un temps, cela devint si difficile à supporter qu'il dut se lever et sortir à son tour.

Les enfants de Ricardo n'étaient plus là. Ils avaient disparu en même temps que leur père mettait les gaz de son tracteur, et Paolo, brusquement abandonné à lui-même, tournait en rond, la tête basse, les pieds battant la poussière près du hangar à bois. Angel s'approcha de lui doucement, hésitant. Paolo n'allait-il pas disparaître lui aussi ? N'allait-il pas s'évaporer sous ses yeux ? N'allait-il pas être à son tour victime des pouvoirs mystérieux de cet endroit ? À cet instant, Angel comprenait pleinement le sens du mot « enchantement ».

– Mes amis sont rentrés chez eux, se lamenta l'enfant en voyant arriver Angel. C'est pas juste ! Pourquoi ne sont-ils pas restés avec moi ? Je m'amusais tellement !

Angel s'accroupit et prit le petit sur ses genoux. Il sentait sa peau, chaude et moite de transpiration, sa réalité, et la rondeur de ses bras... Tiens, oui ! Paolo semblait moins maigre qu'avant.

– Tes amis reviendront demain matin, chuchota-t-il.

– Sûr ?

– Sûr !

Paolo sourit :

– Alors, on reste un peu chez Ricardo ?

– Un peu. Je crois qu'il a besoin de nous aujourd'hui.

– Dans la forêt ?

– Oui. Il faut l'aider à couper son dernier arbre et à le transporter ici. Tu es d'accord ?

Paolo sauta des genoux d'Angel, ragaillardi. Il courut aussitôt dans la maison, puis revint avec une longue tartine de confiture.

– Pour couper les arbres, je dois prendre des forces, dit-il très sérieusement.

Sur quoi, ils reprirent le chemin de la forêt, l'enfant sautillant gaiement devant, l'homme marchant derrière, en proie à une tourmente intérieure qui lui arrachait des larmes secrètes.

Chapitre 21

Angel mit toute sa puissance, toute son énergie, toute son ardeur au service de Ricardo et du dernier arbre. Il passa la journée à courir le long du tronc couché, à élaguer les grosses branches avec la tronçonneuse, à donner des coups de hache dans les plus petites. Il bondissait, tirait, arrachait, assenait ; il transpirait, il s'épuisait, il souriait.

Ricardo vint s'asseoir à côté de Paolo, sur la souche.

– Que crois-tu qu'il veuille payer, ton père, hein ? demanda le vieux bûcheron d'un ton amusé.

Paolo, qui regardait Angel se démener depuis le début, attendant sagement qu'on l'autorise à aller ramasser les brindilles pour en faire des fagots, se contenta de répondre l'évidence :

– Il voudrait rattraper le mal qu'il a fait.

– Je ne pense pas qu'Angel ait pu faire du mal, répondit Ricardo.

– Oh si, soupira Paolo.

Il se tourna vers le bûcheron en souriant. Il était ravi de pouvoir surprendre un homme aussi vieux et qui avait lu tant de livres.

– Angel a tué des gens, dit-il. Mais, chut... ne lui dites pas que vous le savez. Il serait fâché contre moi.

Dérouté, Ricardo promit, puis observa Angel de loin, sans être complètement sûr de ce qu'il venait d'entendre. L'enfant se moquait-il de lui ? Était-il fou ? Ou bien, s'il disait la vérité, cette hache entre les mains, cette tronçonneuse, ces outils deviendraient-ils dangereux ?

Non, vraiment, Ricardo ne pouvait croire qu'Angel soit un assassin. Depuis la mort des siens, il pensait avoir développé un sens particulier qui lui permettait de déceler la présence du Mal. Il lui semblait qu'il pouvait deviner, du premier coup d'œil, les mauvaises intentions de n'importe quel homme de passage. Ainsi lui était-il arrivé de chasser certains colporteurs, certains marchands aux yeux fourbes des abords de sa propriété, et ce avant même qu'ils aient ouvert la bouche, rien qu'à voir leur façon de marcher ou de se tenir à cheval. Alors ? S'il avait hébergé un assassin chez lui, il l'aurait senti !

Tout de même, il se leva et retourna prudemment du côté de l'arbre. Angel, à califourchon, commençait à débiter le tronc. Des gerbes de sciure s'élevaient autour de lui comme des essaims d'abeilles effrayées. En sentant la présence de Ricardo, il interrompit son travail un instant et coupa le moteur de la tronçonneuse.

– Vous devez être épuisé, dit Ricardo. Venez boire un peu d'eau et manger quelque chose.

Angel secoua la tête :

– Je ne suis pas fatigué.

– La journée va être longue.

– Les journées de travail passent plus vite qu'on ne le pense, affirma Angel.

– Vous êtes adroit, poursuivit Ricardo. Il vous est déjà arrivé de travailler en forêt. Je me trompe ?

– J'ai travaillé un peu partout.

– Et le petit ? Il vous suit comme ça, de droite à gauche ?

– Oui. Il n'a personne d'autre.

Ricardo, qui d'ordinaire ne posait jamais de questions indiscrètes et avait pour principe de respecter les secrets d'autrui, ressentait cette fois une envie furieuse de tout connaître sur cet homme et son enfant. Les questions se bousculaient dans sa bouche, lui brûlant la langue. Mais Angel replaça les lunettes de protection sur ses yeux et remit la tronçonneuse en marche, ce qui coupa net la conversation.

La journée s'écoula ainsi, dans les ombres changeantes du sous-bois et le vacarme du moteur. Paolo trottait aux alentours du grand tronc démantelé, ramassant les petites branches, puis s'en retournait près de la souche, les bras chargés, et s'employait à les trier en fonction de leur taille avant de les lier en fagots.

– Ça te fera de bonnes réserves pour la cheminée, disait-il à Ricardo en brandissant fièrement ses fagots.

– Si je passe l'hiver ! souriait le vieux bûcheron.

– Tu es donc si vieux ?

– Il ne me reste plus beaucoup de livres à lire, répondit-il.

Et l'enfant, surpris et admiratif, imagina la bibliothèque de Ricardo comme une réserve d'oxygène. Si la durée d'une vie était si étroitement liée au nombre de livres qu'on possédait, alors cela expliquait en partie la mort soudaine de ses parents : chez eux, il n'y avait pas un seul livre ! Il se jura d'en acheter beaucoup avec son argent.

– Où achète-t-on les livres ? demanda-t-il.

– En ville. Dans les librairies. Parfois, les colporteurs en ont aussi, mais ils ne sont guère fameux.

– Je voudrais bien aller dans une librairie. Crois-tu qu'il y en a une à Puerto Natales ?

– Vous remontez donc jusque-là ?

– Non, mais j'achèterai un cheval pour m'y rendre. J'ai beaucoup de billets maintenant que Luis m'a donné la moitié de son héritage.

– Luis ?

– C'est un ami. Enfin, c'était. Il est parti faire le tour du monde parce qu'il est amoureux.

– L'amour mène loin, c'est vrai !

Ricardo eut une pensée pour sa femme. Il l'avait rencontrée en Hollande, alors qu'il était étudiant et qu'il rêvait de vivre comme un Européen, loin de la nature sauvage du Chili, dans des villes aux rues pavées, dans des maisons hautes et propres, comme celles qu'il avait vues sur les toiles de Vermeer. En fin de compte, il avait eu le mal du pays, et c'était sa femme qui l'avait suivi jusqu'ici, par amour.

– Crois-tu qu'il y a une librairie à Puerto Natales ?

– Sans doute.

Paolo empilait les fagots avec bonne humeur. L'avenir lui semblait radieux : ils allaient passer encore quelques nuits ici, chez Ricardo, ce qui lui permettrait de revoir les enfants et de danser avec eux dans l'herbe humide. Ensuite de quoi, ils partiraient vers le nord. Ils rentreraient chez eux, dans la maison perdue, et une fois qu'ils s'y seraient bien reposés, ils remonteraient à Puerto Natales. Finalement, ce n'était pas grave s'il n'avait pas la brebis. À la place, il aurait les livres. S'il le lui demandait, Angel pourrait même fabriquer une grande bibliothèque, qu'il suffirait de caler avec des pierres contre le mur de guingois de la maison. Comme tout cela lui plaisait ! Oubliés, les ennuis de Punta Arenas, son envie de mourir au bord de la falaise, les caresses trompeuses de Délia, la trahison de Luis, le bateau rouge et le couteau d'Angel ! Il allait désormais vivre une autre vie, belle et confortable !

Dans le jour finissant, Angel et Ricardo chargèrent les tronçons de l'arbre sur la remorque du tracteur. Il ne resta bientôt plus que quelques tas de sciure, une souche nette et des éclats de bois à l'endroit où l'arbre en tombant avait cassé quelques branches des pins avoisinants. Paolo poussa un soupir d'aise et leva les yeux vers le ciel qui se teintait de rose, juste là, dans la trouée des cimes. Il se sentait fourbu, nettoyé, et reconnaissant envers les deux hommes. Grâce à eux, il n'aurait plus jamais peur d'entrer dans une forêt, et peut-être serait-il capable de beaucoup plus encore. Cela lui semblait important, dans ce pays sauvage, dans cette vie, sur cette terre, de parvenir à faire reculer la peur. Petite victoire après petite victoire, n'était-ce pas comme cela que l'on devait grandir ?

– Que va devenir ton arbre ? demanda-t-il à Ricardo.

– Quelqu'un viendra le chercher ce soir. Un homme de la scierie.

– Mais ensuite ?

– Ensuite, il sera découpé. On peut en tirer plusieurs dizaines de belles planches pour construire des charpentes ou des meubles.

– Alors, il sera métamorphosé ! conclut gaiement Paolo.

Il contempla les gros rondins de bois frais. Des gouttes de résine se formaient à leurs extrémités, petites stalactites ocre ou brunes qui faisaient penser à des larmes. Ricardo mit le moteur en route. C'était la dernière fois qu'il rentrait chargé à la maison. Il aurait voulu donner à cet ultime trajet un caractère solennel, conduire lentement, goûter chaque seconde, chaque parcelle, chaque centimètre gagné, mais il craignait que cela n'éveille sa mélancolie ; alors il n'en fit rien et se contenta de réciter secrètement les vers d'un poème :

« Mon cœur continue à couper le bois,
à chanter avec les scies sous la pluie,
à broyer le froid, la sciure et le parfum » [1]

Assis à l'avant de l'engin, sur le capot, Paolo riait à chaque cahot du chemin. Derrière lui,

1. Pablo Neruda, in *Mémorial de l'île noire*, trad. Claude Couffon, Gallimard.

Angel et Ricardo gardaient le silence des hommes harassés et satisfaits de leur ouvrage. Sous l'effet de la fatigue, les questions avaient reflué. Ricardo ne sentait plus leur brûlure sur sa langue. Qui que soit cet homme et quoi qu'il ait pu faire dans sa vie, il venait, là sur ce tronc d'arbre mort, de lui prouver son honnêteté et son courage. Cela suffisait, et Ricardo se sentait en paix.

Lorsqu'ils arrivèrent en vue de la maison, ils virent un camion garé dans la cour, attendant leur retour. Un homme en descendit, un colosse aux cheveux blonds qui portait un bleu de travail.

– Ho là ! cria-t-il.

Ricardo lui fit signe, tandis qu'Angel baissait instinctivement la tête pour dissimuler son visage.

Parvenu à sa hauteur, Ricardo stoppa le tracteur.

– C'est la scierie qui m'envoie, expliqua le colosse.

– Alfredo n'a pas pu venir lui-même ? s'étonna Ricardo.

– Ce bois doit être transporté vers Puerto Natales sans délai, répondit l'autre. Il ne sera pas traité à la scierie habituelle. Vous voulez voir le bon de commande ?

Ricardo hocha la tête et accompagna l'homme jusqu'au camion ; Angel en profita pour sauter à terre et prendre Paolo dans ses bras.

– Viens, laissons-les régler leurs affaires.

Il emporta le petit dans la maison, à l'abri. Manifestement, Ricardo attendait quelqu'un d'autre ; Angel se méfiait de tout ; les surprises sont rarement bonnes pour les assassins. Il se posta près d'une fenêtre, derrière les rideaux à demi tirés, pour observer le manège du colosse blond. Il vit Ricardo consulter les papiers, signer au bas d'un feuillet, puis aider l'homme à ôter les sangles qui retenaient les tronçons sur la remorque.

Paolo demanda à retourner dehors pour assister à la manœuvre ; Angel le retint d'un regard impérieux. L'enfant vit les mains d'Angel courir sur sa poitrine, sautiller comme des insectes nerveux autour d'une lumière violente, les doigts figurant des pattes de sauterelle ou des pinces prêtes à se refermer sur le manche du couteau. Il avait compris, va.

Alors il haussa les épaules et alla se rouler en boule sur le canapé moelleux. Au bout d'un moment, le camion démarra ; on l'entendit s'éloigner sur le chemin, emportant le dernier arbre ainsi que les inquiétudes d'Angel.

Ricardo entra dans la maison, le front baissé, soucieux. Il tenait le double du bon de commande à la main. Mais, lorsqu'il vit l'enfant blotti sur le canapé et même cet homme étrange et bourru, Angel, debout près de la fenêtre, il eut un sourire et abandonna le papier sur un coin de table. Il mesurait combien il s'était rapidement attaché à eux. À Paolo, surtout.

– Je vous remercie, dit-il, de m'avoir aidé dans ma tâche. Ce soir, nous boirons au temps révolu et à ma retraite.

Il surprit le regard qu'Angel jetait vers le papier sur la table.

– Ne vous en faites pas, ajouta-t-il, tout est en ordre maintenant. Je me fais vieux, et les choses changent. La scierie de mon ami Alfredo sous-traite une partie de ses commandes à une autre. Je suis bien content de m'arrêter, voyez-vous. Dans le temps, Alfredo venait boire un coup à l'intérieur, et nous parlions un moment avant de régler nos affaires. Mais ce garçon-là ne m'inspirait guère, je l'ai laissé dehors.

– Vous avez bien fait, dit Angel.

– Il a emporté ton arbre vers Puerto Natales ? demanda Paolo.

– Eh oui. C'est une commande spéciale, à ce qu'il paraît, pour une institution de la ville. Je m'en fiche bien à présent.

Ricardo se débarrassa de son chapeau, de sa veste en peau, puis, se tournant de nouveau vers Angel, il dit :

– Vous pouvez rester aussi longtemps qu'il vous plaira. Vous ne me dérangez pas.

– Demain, nous rentrerons chez nous, répondit Angel.

– Qu'y a-t-il chez vous qui requiert votre présence ? Des bêtes ?

– Non, dit Paolo. Nos chèvres sont mortes. Elles étaient vieilles. Mon renard aussi est mort. Et puis mes pa...

– Nous avons à faire, le coupa Angel. C'est tout.

Paolo regrettait déjà de ne pas rester plus longtemps dans cette maison, à l'orée de la forêt, et il vit que Ricardo aussi le regrettait, mais il ne voulut pas fâcher Angel en lui demandant les raisons de sa décision.

Ils dînèrent en silence d'un morceau de chevreuil que Ricardo conservait pour les grandes occasions. Dans la lueur tremblante des bougies, leurs yeux semblaient animés d'une vie étrange et autonome, comme si, dans leurs prunelles, se reflétaient les mouvements de leurs âmes agitées.

– C'est une journée bien particulière, soupira Ricardo en posant sa fourchette. Si vous partez demain, j'aimerais…

Il se leva, le visage rose comme une aurore d'été. Il fit signe à Paolo et à Angel de l'attendre, puis il s'éclipsa dans la pièce voisine.

– Quand nous ne serons plus là, il restera tout seul, chuchota Paolo à Angel. Tu crois qu'il va mourir ?

Angel s'essuya la bouche avec le coin d'une serviette de coton. La mort, il la connaissait bien. Mais il ne savait d'elle que sa violence, sa façon de faucher les vies encore jeunes par la maladie qui ronge ou par le couteau qui foudroie. Il n'avait jamais vu personne s'éteindre, lentement, comme on s'endort.

– Nous pourrons revenir un jour, plus tard, dit-il à Paolo pour le rassurer. Ricardo nous attendra.

Un instant après, le vieux bûcheron revint, portant une grosse boîte dans ses bras. Sans un mot, il la déposa sur un des guéridons et l'ouvrit. Paolo se demanda quel nouveau trésor il allait découvrir. Le couvercle relevé laissait voir un curieux appareil, que Ricardo brancha après avoir déroulé un long fil mince et entortillé.

– J'espère qu'il fonctionne encore, marmonna-t-il. Il appartenait à ma femme, et cela fait des années que je ne l'ai pas utilisé.

Tout en parlant, il fit glisser d'une pochette une grosse galette noire et brillante, qu'il disposa ensuite à plat sur l'appareil.

Angel plissa les yeux. Il ne lâchait plus Paolo du regard. Et lorsque Ricardo fit pivoter le bras du vieux phonographe, il retint son souffle. Il devinait que Paolo n'avait jamais entendu de musique, pas même peut-être le son d'une flûte taillée dans un roseau, pas même un grelot, rien, si ce n'est le mugissement violent du vent qui bousculait sa maison, là-bas, sur la lande désolée.

Le disque émit quelques grésillements, quelques crachotements. Ricardo se releva, un doigt posé sur ses lèvres et les yeux mi-clos, dans le silence.

Et soudain, les violons envahirent la pièce, tous ensemble, avec les violoncelles. C'était une note étirée, appuyée par les pulsations lentes d'un orgue d'église.

Paolo ne bougea pas.

Les cordes ondulèrent, montèrent, descendirent, tournoyèrent, s'élançant et se croisant, tandis que l'orgue poursuivait sa marche grave et lente de cortège funèbre. Cette musique semblait mélancolique et pleine d'espoir à la fois. Terrestre et céleste, pesante et légère ; elle résumait à elle seule tout ce que Paolo avait compris de la vie ces derniers temps.

Il tremblait, assis sur sa chaise, le regard brouillé.

Dans les notes de cette musique, il reconnaissait la douceur de son renard, la chaleur de la brebis, mais aussi la trahison de Luis, et toutes les pierres, toutes les caillasses des chemins qui vous font trébucher et qui vous fatiguent. Il ne voyait plus Angel, ni Ricardo, ni les meubles de bois ciré, ni les bougies. Les souvenirs surgissaient devant lui, au gré de la musique, comme si chaque note était un hameçon qui repêchait les choses enfouies dans son âme et les sortait de lui. Comme s'il était devenu une mer, une rivière.

Angel vit les larmes couler sur les joues de Paolo. Il vit le vieil homme, debout près de son phonographe, immobile, qui se laissait entièrement pénétrer par la beauté de la musique.

L'assassin posa ses grosses mains à plat sur ses genoux, victime lui aussi de l'envoûtement de l'orgue, des violons, de la cadence solennelle et des harmonies claires qui semblaient vouloir tirer son cœur vers le ciel. C'était si beau, si différent de tout ce qu'il avait connu jusqu'alors... Un soupir lui souleva la poitrine.

De longues minutes durant, ils laissèrent la musique se dérouler et les envelopper, sans rien dire. Il faisait bon dans la maison. Une paix infinie berçait leurs cœurs, apaisant toute souffrance. Angel aurait voulu pouvoir vivre comme ça éternellement, entouré de beauté et de calme, loin du monde, loin des villes, loin des bars aux lumières crues, loin des cris et de la bousculade. Pourquoi ne découvrait-il cela que maintenant ?

Il sentit soudain une angoisse terrible lui nouer la gorge. Il songea que cette musique arrivait trop tard pour lui, et que jamais elle ne pourrait alléger le poids de ses crimes, ni de sa bêtise.

Mais pour Paolo ?

Il regarda l'enfant, son petit visage bouleversé, ses mains frêles. Pour Paolo, il n'était pas trop tard ! Et lui, Angel, n'avait pas le droit de le priver de tout cela. Il avait arraché cet enfant à sa solitude ; maintenant il devait le libérer.

Angel étouffa un sanglot. En quelques secondes, sa décision fut prise : il allait confier Paolo à Ricardo. C'était d'une telle évidence ! S'il ne devait accomplir qu'un seul acte d'amour en ce monde, c'était là, ici, tout de suite. Donner sa chance à Paolo, lui offrir la possibilité d'une vie meilleure, ne pas l'entraîner plus loin dans une fuite insensée qui risquait de le détruire.

Quand la musique se tut, Ricardo débrancha le phonographe. Lentement, il enroula le fil, replaça le disque dans sa pochette, puis referma le couvercle de la boîte.

Paolo n'avait toujours pas bougé de sa chaise. Il ressemblait à une statue. Angel suffoquait. Plus le silence durait, plus l'idée de la séparation s'imposait à son esprit. Paolo allait rester avec le vieux bûcheron, avec les livres de la bibliothèque, avec les musiques du phonographe, avec les mystères de la forêt.

Oui, il allait offrir Paolo à Ricardo, et Ricardo à Paolo. Ensemble, ils trouveraient un sens à l'existence, tandis que lui, l'assassin, le truand, s'en irait sur les chemins rudes, seul avec le poids de ses remords, et ce ne serait que justice.

Il voulut parler, dire ce qu'il avait sur le cœur, mais Paolo se leva brusquement et s'approcha de Ricardo.

– Qu'est-ce que c'était ? souffla-t-il.

Le vieil homme sourit, s'accroupit devant lui et lui tendit le disque. Paolo pencha la tête. Il y avait des lettres, là, sur la pochette.

– Jo... Johann... Sebastian... Bach, déchiffra-t-il.

– C'est le nom de l'homme qui a composé cette musique, expliqua Ricardo. Si tu l'aimes, garde-le, je te le donne.

Les lèvres de Paolo s'arrondirent de surprise. Il serra le disque contre lui, sur sa poitrine, et dans un élan de reconnaissance sincère il déposa un baiser sur la joue ridée de Ricardo.

Angel eut l'impression d'être foudroyé. Jamais Paolo ne l'avait embrassé, jamais il n'avait manifesté autant de tendresse à son égard. Tout était donc bien fini. Il fallait agir tout de suite.

Angel s'empara du couteau caché dans sa poche, il sentit le manche entre ses doigts, ce manche patiné par l'usage, les rixes et les corvées de patates. Il s'avança vers Paolo.

Ricardo sursauta en avisant la lame brillante. L'effroi se peignit sur son visage, ternissant le myosotis de ses yeux. Il attrapa Paolo, le tira vivement en arrière et cria :

– Attention !

Angel se figea, debout devant eux. Il les dominait de toute sa hauteur. Ils étaient à sa merci. Deux êtres fragiles dont il pouvait faire ce qu'il voulait. Il posa ses yeux sur Paolo.

– Tiens, dit-il, il est pour toi.

Le silence était total. La lame du couteau reflétait les lueurs des bougies. Ricardo tremblait, livide, serrant l'enfant contre lui.

– Tiens, répéta Angel d'une voix brisée.

Lentement, Paolo détacha sa main gauche du disque, déplia son bras et ouvrit sa paume. Le couteau roula et tomba dedans.

– Fais-en ce que tu veux, murmura Angel. Tu peux le jeter au fond d'un puits ou le laisser pour toujours dans un tiroir. Je vais dormir, maintenant.

Puis il sortit de la pièce, accablé.

Paolo resta un long moment immobile, les doigts crispés sur le disque et sur le couteau, à s'en faire mal. Son cœur écartelé saignait dans sa poitrine d'enfant, et il se demandait pourquoi les choses étaient ainsi. Pourquoi devait-il sans cesse choisir – entre Angel et Ricardo, la musique et Angel, l'amour et la poésie, les mots et les gestes, partir ou rester, la vie et les rêves, les rêves et Angel –, alors qu'il n'espérait qu'une chose : les réconcilier ?

– Alors, c'est vrai ? demanda Ricardo au bout d'un moment. Angel a tué des gens ?

Paolo hocha la tête. Mais il savait que c'était terminé désormais, qu'Angel ne ferait plus de mal à personne. Le couteau pesait lourd dans sa main.

Ce soir-là, Ricardo comprit qu'il s'était trompé. Son esprit de discernement avait dû s'émousser avec l'âge, et il n'avait pas su voir la véritable nature d'Angel Allegria. Mais la vérité avait éclaté : il y avait sous son toit un homme dangereux qui, même sans son couteau, restait un assassin. Avant d'aller se coucher, il alla chercher son vieux fusil de chasse pour dormir avec.

Tard dans la nuit, Angel quitta la maison endormie. Il avait attendu longtemps, les yeux ouverts, allongé dans le lit du fils mort de Ricardo, avant de se décider. En poussant la porte et en sentant sur son visage le souffle frais de la nuit, il était convaincu de faire le bon choix. Il devait disparaître, s'effacer de la vie de Paolo.

Il traversa la cour envahie d'herbe sur la pointe des pieds, passa devant le hangar à bois vide, puis s'engagea sur le chemin, vers le nord. C'était ce même chemin qu'avait emprunté la carriole, autrefois, emmenant la famille de Ricardo à la fête, et il avait le sentiment étrange d'aller à leur rencontre. Il marchait vers un rendez-vous secret avec des fantômes.

Chapitre 22

La police de Punta Arenas n'avait pas lésiné sur les moyens. Le portrait-robot dessiné par Délia avait circulé sur le réseau national. Grâce à lui, on avait identifié Angel Allegria, dangereux criminel déjà fiché à Talcahuano, à Temuco et à Puerto Natales. Sans délai, le commissaire avait délégué ses meilleurs hommes et leurs équipes sur cette affaire.

Le père de Délia fit sa déposition en ces termes : non seulement Angel Allegria était un criminel, mais il avait réussi à kidnapper un enfant, qu'il séquestrait et battait. Il avait également sous son emprise un brave citoyen de Valparaíso, un certain Luis Secunda qui, sous la menace, avait été contraint de le suivre et de lui donner son argent. Heureusement, Délia avait réussi à sauver Luis des griffes de ce monstre ; monsieur Secunda était désormais à l'abri.

Les vendeurs de chevaux furent interrogés : aucun d'eux n'avait vendu de monture à l'assassin.

Il y eut des contrôles d'identité sur le port, à l'aéroport et à la gare, des descentes d'hommes armés dans les auberges, les bars. Le trafic automobile subit de sérieux ralentissements aux abords de la ville, où l'on avait également placé des points de contrôle.

Après trois jours de fouilles énergiques mais vaines, le commissaire donna l'ordre d'étendre les recherches. Il était vraisemblable que l'homme fût parti vers le nord : deux équipes motorisées se mirent en route avec des chiens, à qui on avait fait renifler les draps dans lesquels Angel avait dormi à l'auberge. Ils aboyaient hargneusement à l'arrière de la fourgonnette, de la bave aux babines. La chasse à l'homme était ouverte.

Chapitre 23

Paolo se réveilla à l'aube avec une marque rouge sur la joue gauche parce qu'il s'était endormi sur le disque. Quant au couteau, il l'avait passé à la ceinture de son pantalon en pensant qu'il lui serait utile : il pourrait sculpter les branches, pour en faire des jouets par exemple.

Dans le frémissement de ce jour tout neuf, il sortit à la rencontre des enfants. Les premiers rayons du soleil, en traversant les planches disjointes au fond du hangar à bois, venaient dessiner sur le sol des rayures dorées qui faisaient scintiller les gouttes de rosée. Angel et Ricardo n'étaient pas levés, et les enfants n'étaient pas encore là ; Paolo était tellement impatient ! L'air vif du matin lui piquait la peau, mais cela n'avait rien de désagréable. Rien ne pouvait arriver de désagréable par une journée pareille ! Il se mit à gambader, tout seul, sans bruit, autour de la maison.

Et c'est en passant derrière qu'il vit arriver au bout du chemin une voiture qu'il prit pour celle des parents de ses nouveaux amis. Tout heureux, il courut à leur rencontre.

Le conducteur coupa le moteur et une portière s'ouvrit ; mais au lieu des enfants attendus, ce furent deux hommes en uniforme qui en surgirent. Sans dire un mot, ils se jetèrent sur Paolo et posèrent leurs mains sur sa bouche pour l'empêcher de crier. Ils le firent monter dans la voiture, le poussant comme un sac de grain.

– Tout va bien, maintenant, murmura l'un des policiers à son oreille. Nous sommes là, tu es en sécurité.

Un autre remarqua la marque rouge sur sa joue et secoua tristement la tête :

– Cet enfant a dû vivre un calvaire... Il était temps qu'on intervienne.

Deux hommes qui étaient à l'avant de la voiture sortirent leurs revolvers et se faufilèrent à pas de loup vers la maison. Paolo les vit contourner le bâtiment. Sous la main qui lui écrasait la bouche, il poussa un gémissement.

Peu après, il entendit claquer deux coups de feu, et il eut l'impression que c'était sa tête qui explosait.

Il s'écoula quelques minutes, blanches et floues, comme si le temps s'était lui-même brouillé de larmes. Puis un des policiers revint en courant, l'air affolé, vers la voiture. Il tenait encore son pistolet à la main. Du sang souillait son uniforme.

– C'était pas lui ! cria-t-il.

L'homme qui bâillonnait Paolo retira sa main et ouvrit la portière. Paolo sauta hors du véhicule, la gorge bloquée par une boule énorme.

– On est tombé sur un os ! continuait le policier, essoufflé. Allegria s'est volatilisé, et Lopez est blessé !

Les hommes plantèrent Paolo sur place et foncèrent vers la maison au pas de course. L'enfant, seul dans le soleil, sentait les pulsations de l'univers tout entier dans son cœur. La terre grondait sous ses pieds, le ciel tremblait devant ses yeux, et ce tremblement faisait vaciller l'espace, les planètes, les étoiles, tout depuis les tréfonds de la Terre jusqu'aux confins du cosmos immense.

Il alla droit vers la fenêtre de la chambre de Ricardo. Et là, il se dressa sur la pointe des pieds.

À travers la vitre, entre les pans du rideau à moitié tiré, il découvrit le corps écroulé du policier qui s'appelait Lopez. Il se pencha. Une main ridée tenant un vieux fusil de chasse gisait tout près des jambes du policier, et elle était inerte. Il leva les yeux : les trois autres policiers se bousculaient au seuil de la petite chambre, hagards, ridiculement vivants face à la mort et aux rideaux blancs, aux draps parfumés, aux meubles cirés. Paolo se retourna. Le chemin s'ouvrait devant lui, comme une brèche momentanée entre deux mondes. D'un côté, la police, la mort, Ricardo tombé à terre ; de l'autre, l'inconnu, la solitude, le nord. Et Angel, peut-être ?

Il effleura le manche du couteau du bout des doigts. Sans réfléchir, il se mit à courir.

Il courut avec la peur collée aux semelles de ses chaussures, plus vite qu'il avait jamais couru. Ses tempes se resserraient comme des étaux, sa lèvre inférieure pendait et tremblait.

Il ne voulait pas penser à ce qui s'était passé, ni aux choses réelles. Face aux choses réelles, son esprit était un cheval de rodéo qui se cabre, refusant de se laisser dompter : non, il ne pouvait pas croire qu'ils aient tué Ricardo; non, il ne voulait pas croire qu'Angel l'ait abandonné en pleine nuit ; non, il ne voulait pas croire que la vie soit aussi injuste, aussi douloureuse.

Devant lui, il y avait le chemin, le ciel, l'herbe, le caillou, attention, la branche morte, l'arbre difforme, le Chili, et quelque part dans cette direction, sa maison. À plusieurs reprises, il trébucha et s'écorcha les paumes sur la terre coupante. À plusieurs reprises, il dut s'arrêter pour calmer le feu dans ses poumons et la douleur dans ses côtes. Et tout en gémissant, il se souvenait de la musique, des poèmes, des larmes, et de la paix qui s'était envolée. Il se sentait tellement seul qu'il aurait pu s'arracher le cœur à mains nues.

La voiture de police le rattrapa une demi-heure plus tard.

Il se tenait immobile, face au vide, du moins à ce que certains appellent le vide. Les policiers s'approchèrent de lui tout doucement pour ne pas l'effrayer, comme des chasseurs de pigeons. Ils ne voyaient que son dos, secoué de spasmes. Ils ne pouvaient pas comprendre. Ils ne pouvaient pas voir que Paolo riait, là, tout seul devant rien. Ces policiers étaient trop bêtes pour voir les trois enfants, pieds nus dans la mousse, qui faisaient des galipettes et jouaient à saute-mouton pour amuser leur camarade. Et pourtant ! Ils jouaient si bien ! C'était un régal de les voir, avec leurs cheveux blonds de petits Hollandais, leurs vêtements de dentelle qui tournaient dans l'air pur.

– Non ! cria Paolo lorsqu'il sentit les mains des policiers se refermer sur lui.

Aussitôt, les trois enfant cessèrent de jouer. Ils firent à Paolo un signe d'adieu et disparurent instantanément.

Paolo voulut se défendre. Il brandit le couteau d'Angel au-dessus de sa tête, mais l'un des policiers arrêta son bras. Paolo n'avait pas la force nécessaire. Ses doigts glissèrent sur le manche poli, le couteau tomba sur une pierre et la lame se brisa net.

– Nous ne te voulons aucun mal, déclara le chef en donnant à ses hommes l'ordre d'embarquer Paolo.

Dans la voiture, les trois policiers vivants et stupides poussèrent le corps du policier Lopez pour faire une place à Paolo, à l'arrière, contre la vitre. Le mort perdait son sang sur la banquette en skaï, et sa tête retombait sans cesse du côté de l'enfant pour achever de le terroriser.

Les policiers ne prononcèrent plus une seule parole.

Ils ne s'excusèrent pas.

Ils fixaient la route chaotique de leurs yeux noirs et petits. On aurait dit des bonshommes de neige à qui l'on avait mis des boutons de bottines pour imiter des yeux, tant ceux-ci n'exprimaient rien.

Submergé par le chagrin, l'enfant se noyait à côté d'eux, et ils ne s'en apercevaient même pas, persuadés qu'ils étaient de faire le bien et d'être des chevaliers de l'ordre luttant contre le désordre, dans ce monde où les choses, pourtant, ne sont pas si simples.

Une voix grésillait dans un micro, près du tableau de bord, annonçant qu'Angel Allegria venait d'être arrêté par la seconde patrouille, vingt kilomètres plus au nord.

En surgissant sur le chemin de la maison, ce matin-là, quatre hommes mandatés par les autorités avaient réussi à détruire le bonheur fragile qu'un enfant croyait tenir entre ses doigts. Ils avaient démontré qu'ils étaient plus forts, plus puissants que le petit bonbon jaune.

Et ils croyaient que c'était un exploit.

Chapitre 24

La dernière fois que Paolo vit Angel, ce fut quelques semaines plus tard, à la prison de Puerto Natales, dans une pièce aveugle peinte en vert pâle, qui suintait la peur, la solitude et l'ennui.

Au début, ils ne purent se parler. Ni l'un ni l'autre ne connaissait de mots assez forts pour dire ce qu'ils avaient au fond du cœur.

Au bout de cinq minutes de silence, voyant cet homme et cet enfant face à face, immobiles comme des figures de proue, le maton tapa sur l'épaule d'Angel :

– Dépêche-toi de parler. Le temps presse.

Angel sursauta, jetant un regard oblique et effrayé au gardien. En quelques semaines, la prison avait déjà fait son œuvre : il obéissait, par crainte des coups, par lassitude, par renoncement, par cette mécanique du corps qui ne relève plus de l'esprit. Paolo ne reconnaissait déjà plus celui qui, vigoureux et inébranlable, l'avait porté pendant des heures le long des falaises, sous l'œil de la lune.

Ils se regardèrent encore, longuement, gorges plombées.

– Allez, c'est fini, déclara le maton.

Angel se pencha vers Paolo, très légèrement ; on aurait dit une mère au-dessus d'un berceau. C'était fini, et pourtant il avait l'impression de n'avoir pas même commencé.

– Tu te rappelles ? murmura-t-il enfin. Quand nous vivions dans ta maison, je t'ai demandé de te souvenir du jour de ta naissance ?

Paolo hocha la tête. Il se rappelait tout, chaque instant, chaque mot, chaque étape du chemin, avec précision.

– Tu m'avais répondu que c'était le jour où j'étais venu, continua Angel.

– Temps de parloir écoulé ! dit le maton en le saisissant fermement par le bras.

Les mains d'Angel étaient menottées dans son dos, et le maton l'entraînait déjà en arrière.

– Tu te souviens, Paolo ? cria Angel en dérapant sur le carrelage.

– Oui ! cria Paolo.

Angel pleurait.

– Eh bien, moi aussi ! hurla l'assassin. Moi aussi, je suis né ce jour-là ! Dès que je t'ai vu, j'ai vu le jour ! Tu comprends, Paolo ?

Le maton tira un bon coup sur les menottes, et Angel fut aspiré derrière une porte blindée, qui se referma sur lui comme une gueule sur sa proie. Paolo sut qu'il ne verrait plus jamais Angel. Il se dressa d'un bond et renversa sa chaise. Il courut vers la porte.

– Je comprends ! cria-t-il en y collant sa bouche. Angel ! Je comprends !

Il entendit une voix lointaine, étouffée par l'épaisseur des murs, lui répondre quelque chose. Peut-être que c'était un mot d'amour. À tout hasard, il cria :

– Moi aussi !

Et puis, il n'y eut plus que des cliquetis de clés, de verrous, l'épouvantable grincement de ferraille de la prison. Les mains plaquées contre la porte, Paolo ne bougea pas. S'il bougeait, il craignait de tomber en poussière, de s'effriter comme un morceau de calcaire. Il se représenta mentalement les murs qui le séparaient d'Angel maintenant. Combien y en avait-il ? Des dizaines, plus épais les uns que les autres, verts et froids comme des serpents.

Une femme entra alors dans la pièce et vint poser sa main sur les cheveux de Paolo :

– Ça va ?

Paolo fit non de la tête.

– Tu veux manger quelque chose ?

– Non. Je veux mon père.

La femme s'accroupit devant lui. Elle soupira :

– Ton père est mort, tu sais.

– Angel...

– Angel n'est pas ton père.

– Il m'aime.

– Je crois que non. Il t'a fait beaucoup de mal.

La femme pensait que Paolo était traumatisé par ces années passées avec l'assassin. Elle avait lu des rapports d'expertise psychiatrique qui expliquaient très bien ce processus d'attachement qui lie les victimes à leurs bourreaux. Elle avait lu beaucoup de choses, mais elle ne savait rien des sentiments qui liaient vraiment Paolo à Angel.

* * *

Peu de temps après, la ville de Puerto Natales inaugura en grande pompe son nouveau Palais de Justice, un bâtiment très grand, très imposant, avec une volée de marches qui menaient vers une porte monumentale, encadrée par deux statues de femmes-lionnes. Le maire, récemment élu, offrait ce palais à ses électeurs afin de sceller la promesse qu'il leur avait faite : plus de justice, plus de police, plus de sécurité, plus de sévérité envers les criminels.

Au centre du bâtiment, dans un hall de marbre, immense, le maire fut fier de dévoiler devant ses administrés le cadeau surprise qu'il leur avait préparé dans le plus grand secret.

– Mesdames et messieurs ! s'écria-t-il en s'apprêtant à tirer sur la bâche qui recouvrait la surprise. Vous comprendrez, en voyant ce qu'il y a là-dessous, le sens de ma mission. Vous comprendrez combien je suis déterminé à faire de notre ville un exemple, un sanctuaire de la sécurité pour nous et nos enfants !

Le maire se sentait si sûr de lui : quoi de plus simple en effet que de distinguer le Bien du Mal, les bons des méchants, les honnêtes gens des malhonnêtes ?

Il tira sur la bâche. La toile tomba comme la voile d'un navire qui s'affaisse par manque de vent. Les spectateurs poussèrent des « oh ! » émerveillés.

– Cette guillotine, expliqua le maire, content de son effet, a été entièrement fabriquée ici même, avec le bois de nos forêts, coupé par nos meilleurs bûcherons ! Le bois a été taillé dans une scierie de la ville. Les pièces ont été assemblées dans une de nos usines. Une guillotine cent pour cent chilienne ! Elle est pour vous ! Qu'elle soit désormais le symbole de notre intransigeance !

Les applaudissements crépitèrent et s'élevèrent vers la voûte du hall.

Ricardo était mort à temps, finalement. Jamais il ne saurait à quoi avait servi son dernier arbre, et quelle curieuse métamorphose il avait subie.

* * *

À l'intérieur de la prison, Angel attendait son jugement.

Sa cellule sentait le moisi et l'urine. Une fois par jour, il avait droit à dix minutes de promenade. La tristesse de cet endroit et de sa vie en général lui étreignait en permanence le cœur et la tête. Il ne pensait à rien. On lui avait ri au nez lorsqu'il avait demandé à avoir accès aux livres de la bibliothèque, car son dossier mentionnait noir sur blanc qu'il ne savait pas lire. Personne ne se doutait qu'il avait fini par apprendre, à force d'écouter les leçons de Luis et de suivre les progrès de Paolo. Personne ne savait à quel point ces années passées avec l'enfant l'avaient changé ; et, de toute façon, personne n'aurait voulu y croire.

Pour s'occuper les mains, il gravait son nom sur les murs avec un minuscule bout de fil de fer arraché au sommier de son lit. Angel Allegria. Angel Allegria. Angel Allegria. C'était la seule chose qu'il savait écrire, ce nom dont la vie l'avait affublé et qui sonnait à ses oreilles avec tant d'ironie.

Le jour de son anniversaire, il entreprit de dessiner un gâteau et des bougies. Il souffla sur le mur. De fines poussières de plâtre volèrent dans les airs un instant, suspendues, des étincelles qui vinrent se coller dans ses paupières et lui arracher des larmes.

Il fut jugé le lendemain.

Dans la salle d'audience, il chercha Paolo parmi les gens venus assister au procès. Il n'était pas là. Angel en fut soulagé et meurtri à la fois, mais il alla s'asseoir dans le box des accusés sans rien dire, sans rien laisser paraître de sa douleur.

Des gens parlèrent. Toute sa vie fut décortiquée, fait après fait, délit après délit, crime après crime, jusqu'à ce qu'il ne reste plus rien ou presque. À la fin de l'audience, il n'était plus qu'une coquille de noix, vide.

Quelques heures plus tard, la sentence tomba : Angel Allegria était condamné à mort[1].

Il retourna dans sa cellule et s'allongea sur le lit étroit. Sa vie était derrière lui, elle ne lui appartenait plus. La seule chose qui lui restait, c'était le souvenir de ces années de vent, de solitude et de bonheur auprès de Paolo. Mais maintenant, loin de lui, il avait peur pour l'enfant, pour sa santé, pour son bien-être, pour son avenir, et personne ne voulait lui donner de nouvelles.

1. Au Chili, la peine de mort a été prononcée pour la dernière fois en 1985, et abolie officiellement en 2001.

En regardant le plafond, il souhaita mourir le plus vite possible, pour en finir avec les tracas qui lui martelaient la tête. Il fit appeler un maton.

– Je veux mourir, lui dit-il.

– Ça tombe bien, ricana l'autre.

– Tuez-moi, alors.

Le maton secoua la tête. Il expliqua qu'on ne tuait pas un condamné à mort comme ça, du jour au lendemain. L'exécution n'aurait pas lieu tout de suite. Les avocats, les juges, les greffiers devaient d'abord remplir de nombreux papiers, et les dossiers suivre des méandres administratifs compliqués. Il fallait attendre des semaines, voire des mois. On ne coupait pas les têtes sauvagement, mais dans les règles de l'art.

* * *

Paolo avait été placé dans une famille de Puerto Natales. Il allait à l'école, était bien nourri, bien encadré. Il ne posait pas problème aux braves gens qui se chargeaient de son éducation. Il était calme. D'un calme extrême.

Sans que personne le sache, il gardait sous son lit, dans une boîte, le bonbon jaune porte-bonheur qui, à force d'être resté dans sa poche, était devenu collant, plat et sale. Ce bonbon, c'était le seul souvenir tangible qu'il gardait de sa vie avec Angel. Il avait perdu tous les autres cadeaux : le renard, le tableau de Délia, les billets de Luis, le disque, qui était resté chez Ricardo, posé sur l'oreiller, et même le couteau. Ces cadeaux, disséminés sur le chemin comme des miettes de petit Poucet, avaient sans doute été picorés par les oiseaux de passage ; surtout les billets.

La nuit, il se posait des questions.

Où était Luis ?

Que devenait la maison de Ricardo, ouverte comme ça, aux quatre vents ?

Les enfants venaient-ils encore danser dans l'herbe ?

La jolie brebis de Punta Arenas était-elle encore vivante ?

Et l'alpiniste belge ?

Et la gentille dame de la banque ?

Il se posait toutes ces questions, mais il n'avait plus personne pour lui donner des réponses.

Un jour, il demanda s'il pouvait rendre visite à Angel dans la prison. On lui expliqua que ce n'était pas possible. Le règlement du quartier des condamnés à mort ne prévoyait pas la visite d'un enfant. Et puis, il ne fallait plus qu'il aime cet homme, cet assassin. Ce n'était pas normal.

Alors, Paolo alla s'enfermer dans sa chambre. Il ne comprenait pas quel sens cela avait, tout ça. Il se prit la tête entre les mains et attendit, attendit, attendit. À force d'attendre, peut-être que son cœur allait s'arrêter de battre, de lui-même, comme une mécanique usée ? Comment faire, sinon, pour cesser d'aimer quelqu'un ?

* * *

Un jour, longtemps après, on annonça à Paolo qu'il avait atteint la majorité : dix-huit ans. Comment les gens le savaient-ils ? Mystère. Toujours est-il qu'il pouvait désormais disposer de lui-même, aller où bon lui semblait, faire ce qu'il voulait de sa vie.

C'était un matin de pluie froide. Paolo sortit tête nue. Il marcha au hasard dans les rues, et ses pas le menèrent jusqu'à la prison. Il leva les yeux vers les hauts murs. Le ciel déversait sa pluie sur lui, sur les trottoirs, sur les fils barbelés. Paolo songea soudain qu'il n'était plus un enfant. Cette pensée lui fit un drôle d'effet, comme si cette transformation s'était produite d'un seul coup, sans qu'il s'y soit préparé.

Il s'arrêta devant la vitrine d'une boutique fermée, juste en face de l'entrée de la prison, et contempla son reflet. Il n'était pas très grand, mais ses épaules carrées et ses joues mal rasées lui donnaient une allure d'homme. Il se demanda si Angel allait le reconnaître.

Il sourit et traversa la rue d'un pas assuré. Dans la cabine vitrée somnolait un vieux vigile.

– C'est pour une visite, dit Paolo en toquant sur la vitre.

L'homme entrouvrit les paupières.

– Quel nom ? bougonna-t-il.

– Angel Allegria.

– L'assassin ?

– Oui.

Le vieux vigile passa une main ridée et jaune sur son cou de coq. Paolo songea qu'il devait avoir mal à la gorge.

– Vous voulez voir Angel Allegria ? répéta le vigile en fronçant les sourcils. Vous êtes de la famille ?

– Presque, dit Paolo. Je l'ai bien connu.

Le vieux se leva de sa chaise, lentement. Il approcha son visage de l'hygiaphone.

– Vous avez de la chance d'être encore de ce monde, lâcha-t-il. Tous ceux qui ont croisé Allegria ne peuvent pas en dire autant.

Paolo se contenta de sourire. Cela faisait longtemps qu'il avait renoncé à expliquer aux autres qu'il devait la vie à Angel. La vie, et bien plus encore.

– Je peux le voir ? insista-t-il.

– Non, répondit le vieux vigile. Il est mort. L'exécution a eu lieu l'année dernière, vous n'étiez pas au courant ?

Paolo resta figé sur le trottoir, avec la pluie qui dégoulinait sur sa tête. Non, il n'était pas au courant. Personne n'avait jugé utile de l'avertir.

– Je suis désolé, dit le vieux en se rasseyant. C'est comme ça. C'est la justice.

Paolo recula d'un pas. La prison faisait le dos rond sous les nuages. Il regarda une dernière fois le vieux vigile, le remercia du renseignement, puis il pivota sur ses talons et partit. Il ne savait pas ce qu'il allait faire de sa vie, mais il avait une idée très précise sur la façon d'occuper sa journée.

Chapitre 25

Le décor n'avait pas changé. C'était toujours le même paysage minéral, hostile. La caillasse du chemin, les rochers hérissant le sol, l'étendue déserte écrasée de ciel, battue par le vent, fouettée par les pluies, ce lambeau déchiré du Chili où les hommes devaient lutter pour se tenir debout : la terre natale de Paolo.

Après tout ce temps vécu en ville, il fut frappé par la rudesse de l'endroit, et il lui sembla incroyable d'avoir pu y naître. Il ne gardait qu'un souvenir ténu de sa mère : une silhouette maigre, osseuse et noire. Elle l'avait porté en elle, dans son ventre étroit et inhospitalier. C'était là son histoire. Certainement son cœur était-il en partie constitué de cette matière dure qui fait les rochers.

Il passa devant les ruines de la cahute mal bâtie que Luis avait abandonnée aux premières pluies, et puis il vit sa maison, la fenêtre unique obturée par le volet et la façade basse, décrépite.

Il s'arrêta un instant pour reprendre son souffle. Les bourrasques chargées de pluie lui cinglaient le visage. Il se demanda si c'était une bonne chose d'être revenu et s'il n'aurait pas mieux fait de conserver seulement le rêve, le souvenir d'ici. À quelques enjambées de lui, le monticule de terre sous lequel ses parents étaient enterrés semblait intact. Rien n'avait poussé dessus, pas même la mauvaise herbe. Paolo se força à avancer jusqu'à la tombe du renard, restée nue elle aussi, puis il se fit violence pour atteindre la porte de la maison.

Lorsqu'il la poussa, il sentit une décharge lui raidir la nuque. Il se souvint des grenouilles, au collège de Puerto Natales, à qui il avait envoyé de l'électricité et qui avaient l'air d'être vivantes alors qu'elles étaient mortes.

À l'intérieur, il faisait noir et froid. Il avança à tâtons jusqu'à la fenêtre, l'ouvrit et débloqua le volet. Le courant d'air provoqua un bruissement de papiers qui s'envolent. Paolo referma la fenêtre, se retourna et comprit d'où venait ce bruit. Sur la table, au milieu de la pièce, il y avait des dizaines de petits rectangles de papier blanc : des enveloppes.

Il se baissa pour ramasser celles qui avaient volé dans le courant d'air. Il en fit un tas, qu'il feuilleta ensuite comme un paquet de cartes à jouer. Le reste de la pièce était pareil à son souvenir, figé : le banc, la cheminée, l'étagère, et au fond le petit réduit. Comment ces enveloppes avaient-elles abouti ici ? Une écriture fine avait inscrit son nom sur chacune : Paolo Poloverdo. Et son adresse : Maison du bout de la terre, dernière avant la mer.

Il déchira une enveloppe au hasard. Elle contenait une carte postale, une photo de Madrid, en Espagne ; et, au dos, les vers d'un poème de Federico García Lorca que Paolo ne prit pas le temps de lire.

La deuxième enveloppe provenait de Rangoon, en Birmanie, la troisième de Chine, la quatrième de Naples, la cinquième de Mexico, la sixième de Paris... Au dos de toutes ces cartes, la même personne avait recopié des poèmes de Paul Éluard, de Keats, d'Aragon, de Quevedo, ou de Jules Supervielle.

Paolo se tenait debout près de la table, fiévreux, les enveloppes passant entre ses doigts, puis tombant à ses pieds, une fois la carte libérée. À la fin, les enveloppes éventrées recouvraient ses chaussures jusqu'au-dessus des chevilles, et c'était le monde entier qui gisait en vrac sur la table. Un monde de couleurs, de soleils se couchant sur le Tage, de neiges tombées sur la Place Rouge, de reflets sur les rizières, de déserts et de dunes, de villes grouillantes, de trains bondés, de monastères et de palais, de Chinois à bicyclette et d'océans sombres.

Paolo se déplaça, pris de vertige, pour s'asseoir sur le banc. Luis avait rempli sa mission, et c'était ici, sur cette table où le sang avait coulé puis séché, dans cette maison perdue, qu'il avait fait se rejoindre toutes ces villes, tous ces pays merveilleux. Comme si c'était là que s'était trouvé le carrefour de toutes les routes, et comme si les mots de tous les poètes du monde s'étaient donné rendez-vous sous les yeux d'un enfant, Luis avait sans relâche transcrit leurs chants d'amour, de vie, d'espoir, de beauté et d'ivresse. C'était une façon époustouflante de demander pardon.

Paolo étendit les bras, rassembla les cartes et appuya sa joue dessus. À ce moment-là, la porte s'ouvrit.

Il poussa un cri. Se redressa d'un bond.

– Qui est là ? demanda une voix.

– C'est moi, répondit Paolo en restant sur ses gardes.

Il vit une femme entrer dans la maison. Une femme enfouie sous une grande cape de pluie.

– Vous êtes… Paolo Poloverdo ?

– Oui.

– Alors, vous êtes de retour ?

Paolo la dévisagea : elle était jeune, ses joues étaient très rouges, des mèches de cheveux collées sur son front par la pluie. Il se demanda ce qu'il devait répondre. Était-il de retour ou seulement de passage, en pèlerinage ? Il regarda les mains de la jeune femme, et remarqua un petit morceau de papier blanc qui dépassait de sous les plis de sa cape.

– Je vais faire du feu, déclara-t-il. Il fait froid.

Il se leva et alla dans le réduit. Comme il l'avait espéré, il y restait une bonne réserve de bois sec. Lorsqu'il revint dans la pièce, la jeune femme n'avait pas bougé. Elle le regarda s'activer devant la cheminée et, lorsque les bûches flambèrent, elle sourit.

– Je me demandais si vous existiez, dit-elle.

– Alors ?

– Il semble que oui.

Paolo s'empara du tisonnier. Des gerbes d'étincelles s'envolèrent dans le conduit de la cheminée. La jeune femme s'approcha de lui.

– Tenez. C'est arrivé hier.

C'était la dernière carte de Luis. Paolo l'ouvrit. Elle venait tout simplement de Valparaíso. Et, cette fois, ce n'était pas un poème qui était inscrit au dos. Paolo sourit.

– De bonnes nouvelles ? demanda la jeune femme.

– Quelqu'un qui me souhaite un joyeux anniversaire.

– C'est votre anniversaire ?

– Apparemment.

La jeune femme vint s'asseoir à côté de Paolo.

– Bon anniversaire, murmura-t-elle.

Elle ôta sa cape. Dessous, elle portait un uniforme de la poste chilienne.

Épilogue

Sous l'uniforme de la poste, Paolo découvrit bien des merveilles.

Terusa avait vingt-cinq ans, de la patience, un rire magnifique et une bicyclette rouillée qui grinçait et sonnait joyeusement sur les caillasses du chemin lorsqu'elle revenait de sa tournée.

Un matin de soleil, Paolo se décida. Il traîna la table sur les dalles déchaussées et la poussa dehors. Dans la clarté frémissante du printemps, on distinguait encore très bien les taches rouges, le sang resté dans les sillons épais du bois.

Paolo courut dans la maison, fouilla fiévreusement dans le réduit, puis ressortit avec la hache de son père. Il transpirait un peu, et le souffle lui manquait ; mais il était déterminé. Il leva la hache au-dessus de sa tête.

La lame s'abattit sur la table et se ficha dedans, profondément.

Au cinquième coup de hache, la table se fendit en deux, comme un fruit trop mûr.

Au septième coup de hache, les pieds volèrent en éclats. Il faisait chaud. Paolo but une gorgée d'eau à même le seau.

Après une heure de travail, la table était complètement débitée en tout petits morceaux. Paolo ne conserva que le tiroir, parce qu'il n'avait pas d'autre endroit pour ranger le tire-bouchon et les fourchettes. Il regarda ce qu'il avait fait. Il se sentit mieux. Autour de lui, la lumière changeait, soumise aux caprices des vents et des nuages d'altitude. Il alla ranger la hache, et prit la pelle.

En avançant vers les monticules de terre sèche, il se souvint de cette nuit noire où il tenait la lampe-tempête pour éclairer Angel, le soir de la première soupe. Cela lui semblait avoir eu lieu un siècle plus tôt.

Il creusa un trou à côté de la tombe du renard. Ensuite, il jeta les morceaux de la table dans une brouette, la fit rouler sur les cailloux, et déversa son contenu dans le trou. Il avait la gorge serrée, comme à un enterrement.

À cet instant, il entendit tinter la bicyclette de Terusa, là-haut, sur le chemin, et se retourna. Elle arrivait, gaie et radieuse, sa sacoche de courrier vide et molle volant derrière elle. Paolo lâcha la pelle.

– Qu'est-ce que tu fais ? lui demanda Terusa en posant pied à terre près du trou.

– Je vais fabriquer une nouvelle table, répondit Paolo.

Terusa se pencha. Elle regarda les morceaux de bois qui gisaient en vrac au fond de la tombe. C'était étrange, mais elle aimait Paolo comme il était, avec ses étrangetés.

– Bien, dit-elle. En attendant, nous mangerons par terre.

Elle alla garer sa bicyclette et laissa Paolo seul. Alors, il reprit la pelle et reboucha le trou. Lorsqu'il eut terminé, il tassa un peu. Il pensait à Angel, à ses grosses mains. Puis Terusa l'appela.

Le déjeuner était prêt.

Quelque temps plus tard, Luis leur rendit visite. Lui-même venait d'enterrer son père, à

Valparaíso, sur un des coteaux qui dominent la baie. C'était pour lui qu'il avait décidé de rentrer au Chili, pour ce père qu'il n'avait pas revu depuis tant d'années et qui était mort tout seul après avoir dispersé des enfants, des femmes et des bouteilles de vin tout autour de la Terre.

Il raconta à Paolo combien l'amour de ce père lui avait manqué et quelle place ce trou prenait dans sa vie, encore aujourd'hui. Délia, puis d'autres femmes, étaient tombées dans ce trou, ce néant. Elles étaient passées à travers, rien n'avait stoppé leur chute. C'est pourquoi il revenait seul au Chili.

– Le jour de l'enterrement, j'ai revu mes frère et sœurs, raconta-t-il, amusé. Mes sœurs ont grossi, elles ont eu des enfants et elles s'ennuient affreusement, j'en ai peur. Quant à mon frère, celui qui rêvait d'être un acteur, eh bien...

Luis cacha un rire dans la paume de sa main.

– ... eh bien, il est vraiment devenu acteur ! Je l'ignorais, car je ne regarde pas la télévision, mais il y avait de nombreux fans qui l'attendaient à la sortie du cimetière pour lui faire signer des autographes.

– Entre, lui dit Paolo. Tu dois avoir soif.

Une fois dans la maison, Luis s'étonna des changements que Paolo y avait apportés.

– Une nouvelle table ?

– L'autre était morte, répondit Paolo.

– Celle-ci est très belle, reconnut Luis.

La bibliothèque que Paolo avait construite de ses mains l'impressionna également beaucoup. En cadeau, il y déposa le livre, celui qui parlait des navigateurs rejetés à terre et des tempêtes, et dans lequel Paolo avait entendu pour la première fois la voix des poètes.

– Maintenant, je connais tous les mots, murmura Paolo en passant ses doigts sur la couverture de l'ouvrage.

Luis poussa un soupir. Il fit le tour de la pièce, le nez en l'air, examinant les cartes postales accrochées aux murs. C'était comme si sa vie avait fini dans un musée. Les souvenirs se perdaient, les sensations s'effaçaient, tout reprenait sa vraie place ; et le monde, les pays parcourus ne vaudraient jamais les moments passés autrefois dans cette maison perdue à batailler avec les coups de vent et les colères silencieuses d'Angel, le renard, les serpents, et ces moments de paix à fumer sur le seuil dans le soleil couchant. Paolo possédait quelque chose d'inestimable : un endroit sur cette terre où il était vraiment chez lui et qui, par sa rudesse, remettait d'emblée l'homme à sa juste place dans l'univers.

Avant de partir, Luis débarqua de sa voiture plusieurs caisses de vin qu'il avait héritées de son père. Des vins chiliens, français, espagnols, italiens, tous plus merveilleux les uns que les autres.

– Où vas-tu, maintenant ? lui demanda Paolo.

Luis sourit :

– Je n'ai jamais su où j'allais.

Il voulut ajouter quelque chose, mais se ravisa. Peut-être avait-il eu l'intention de parler d'Angel ; quoi qu'il en soit, Paolo lui fut reconnaissant de son silence.

– Je suis désolé, murmura quand même Luis avant de s'engouffrer dans sa voiture.

Après quoi, il disparut au bout du chemin, sa main dépassant par la vitre baissée en signe d'adieu.

Paolo ne retourna pas voir la maison de Ricardo Murga, mais chaque fois qu'il dut pénétrer dans la forêt, il pensa à lui et aux coups de hache qu'il avait entendus avec Angel, la première fois. Il prit aussi l'habitude d'allumer une ribambelle de bougies, chaque soir, sur la table, en mémoire de cet homme et de ses fantômes.

Certains jours, il partait pour une promenade solitaire jusqu'à la cassure de la terre, là où commence la mer. Debout, face aux tumultes des eaux glacées, silencieux, il s'interrogea maintes et maintes fois sur les raisons qui le poussaient à vivre. Il ne trouvait jamais de réponse. Seul persistait le sentiment inéluctable d'être sur terre, malgré tout, vivant et évident comme un rocher. Il finit par s'en contenter.

De temps à autre, un étranger arrivait par le chemin de caillasse. C'était un scientifique, le plus souvent un géologue avec sa boîte à cailloux, parfois un astronome en quête de nuit noire, ou bien un poète sur les traces de l'âme chilienne, ou un marchand d'aventure en repérage.

Paolo les accueillait en ouvrant largement sa porte. Il riait de voir la surprise se peindre sur leurs visages lorsqu'ils découvraient l'intérieur de la maison. La bibliothèque, les tapis, les bougies, les cartes postales, les rideaux propres... Paolo servait à ses invités un verre de vin prélevé sur « la réserve Secunda », et il prenait plaisir à les faire parler. Ils lui apportaient des échos du monde, de ses tourments, de ses convulsions. Les mots terribles qu'ils prononçaient montaient dans la pièce d'une façon étrange, comme des bulles qui, en touchant le plafond, éclataient et disparaissaient. Les guerres, les famines, les coups d'État, les épidémies, le flot continu de l'argent, les grèves, les accidents, les mariages princiers et les courses automobiles venaient se heurter au plafond de la petite maison du bout de la terre et y perdaient un peu de leur importance.

À la fin, les invités se taisaient pour écouter les aboiements du vent derrière les vitres et buvaient le vin tandis que leurs yeux vagabondaient sur les tranches des livres posés sur les étagères.

D'autres années passèrent.

Plus tard, Terusa mit au monde un enfant, une fille.

Paolo proposa à Terusa d'appeler leur fille Angelina. Elle ne vit dans ce prénom que les ailes et l'auréole. Elle accepta sans hésiter.